Ullstein Krimi

Ullstein Buch Nr. 10159
im Verlag Ullstein GmbH,
Frankfurt/M – Berlin – Wien
Titel der amerikanischen
Originalausgabe:
Killers Pay-Off
Übersetzt von Renate Weigl

Neuauflage

im Verlag Ullstein GmbH,
Frankfurt/M – Berlin – Wien

Umschlaggestaltung:
Herbert Göllnitz, Frankfurt
Umschlagfoto:
Hubertus Mall, Stuttgart
Printed in Germany 1982
Druck und Verarbeitung:
Ebner Ulm
ISBN 3 548 10159 3

Juni 1982

CIP-Kurztitelaufnahme der
Deutschen Bibliothek

MacBain, Ed:
Killers Lohn: Kriminalroman mit d.
87. Polizeirevier / Ed McBain.
[Übers. von Renate Weigl]. – Neuaufl. –
Frankfurt/M; Berlin; Wien: Ullstein,
1982.
(Ullstein-Buch; Nr. 10159:
Ullstein-Krimi)
Einheitssacht.: Killer's pay-off <dt.>
ISBN 3-548-10159-3
NE: GT

Vom selben Autor
in der Reihe der
Ullstein Bücher

Versteckspiel mit Damen (1922)
Weißer Schnee für Fixer (1945)
Eiskalt über Leichen (1968)
Neugier macht Mörder (10001)
Schüsse im Regen (10040)
Kings Lösegeld (10062)
Puppe – Die Axt – Vor 80
Millionen Augen (10065)
Die lästige Witwe (10077)
Selbstmord kommt vor dem Fall (10105)
Mordgespenster (10115)
Neun im Fadenkreuz (10128)
Späte Mädchen sterben früher (10144)

Ed McBain

Killers Lohn

Kriminalroman mit
dem 87. Polizeirevier

Herausgegeben
von Bernd Jost

Ullstein Krimi

Die hier geschilderte Stadt existiert nicht; Personen und Schauplätze sind frei erfunden. Nur Arbeit und Untersuchungsmethoden der Polizei sind wirklichkeitsgetreu dargestellt.

1

Es hätte auch 1937 sein können.

An einem Abend in der zweiten Junihälfte hätte es wahrscheinlich genauso ausgesehen. Die Straßen wären auch von einem leichten Sprühregen abgewaschen, und in dem schwarzglänzenden Asphalt hätten sich wie rote und grüne Spritzer die Neonreklamen gespiegelt. Trotz des Regens wäre die Luft lind und wohlriechend, wie sie nur eine Sommernacht kennt. Ein Duft von sattem Grün, vermengt mit dem der rastlosen Großstadt, dem Geruch hastender Menschen und den Abgasen der Maschinen.

Die Mode wäre anders: die Röcke der Frauen etwas kürzer, die Herrenmäntel hätten vielleicht sportliche kleine Samtkrägen. Die Autos wären eckiger und schwarz, und in den Schaufenstern hätte sich das goldene Zehndollarstück als Zeichen der Überwindung wirtschaftlicher Schwierigkeiten bemerkbar gemacht.

Kleine, unwichtige Unterschiede. Aber was bedeuteten sie schon? Eine Stadt selbst verändert sich kaum im Laufe der Jahre, denn das Gesicht einer Stadt bestimmt der Mensch. Und Menschen sind zeitlos.

In der Art, wie das Auto jetzt die Kurve nahm, wäre es auch 1937 um die Ecke gebogen.

Der Mann, der auf dem Gehsteig entlangging, sah nicht einmal auf, als er das Quietschen hörte. Er war ein Kind der Großstadt, und das Geräusch kreischender Reifen war ein Teil seines Lebens geworden. Dieser Mann war teuer und geschmackvoll gekleidet und verbreitete so etwas wie nonchalante Eleganz. Er bewegte sich, als wolle er sagen, die Welt ist schön, und sie gehört mir.

Der Wagen schlitterte um die Ecke und hielt auf den Randstein zu. Ungefähr drei Meter vor dem Mann blieb es stehen. Die Fenster an der rechten Seite waren heruntergekurbelt, der Motor surrte leise. Schnell und zielbewußt schob sich ein Gewehrlauf durch eines der Fenster.

Der Mann hielt jäh an. Aber es blieb ihm keine Zeit zum Überlegen. Er sah nur einen dunklen Schatten und das bösartige Glitzern eines Teleskopes. Dann war alles vorbei. Die Entfernung zwischen der Mündung und dem Mann war nicht mehr als zweieinhalb Meter gewesen, als es plötzlich aufblitzte und ein höllischer Knall die Nacht durchdrang. Das Gesicht des Mannes wurde in tausend Fetzen zerrissen.

Das alles geschah in Sekundenschnelle; der Gewehrlauf verschwand, während der Wagen mit aufheulendem Motor und pfeifenden Pneus in die Nacht hineinraste.

Der Mann lag auf der Straße, ein Bündel zuckenden, blutenden Fleisches. Der feine Sprühregen bedeckte ihn wie ein Leichentuch.

Es hätte auch 1937 sein können.

Aber es war es nicht.

Links und rechts vom Portal des Polizeireviers hingen zwei große grüne Glaskugeln, auf denen, allen sichtbar, die Ziffern 87 mit weißer Farbe aufgemalt waren. Sieben graue Steinstufen führten von der Straße zur Eingangstür. Genau dahinter thronte an seinem hohen Schreibtisch der wachhabende Sergeant und sah aus wie ein Racheengel. Ein Schildchen auf seinem Schreibtisch mahnte alle Besucher, sich hier anzumelden, bevor sie weitergingen.

Auf halber Höhe des Tisches und gegenüber an der Wand waren zwei holzgeschnitzte weißbemalte Hände. Die ausgestreckten Zeigefinger wiesen auf eine Metalltreppe, die zum ersten Stockwerk des Polizeireviers führte, und sie trugen die lapidare Aufschrift: KRIMINAL-ABTEILUNG.

An einem Ende des Korridors im ersten Stock befanden sich die Zellen, der Dienstraum der Detektive war am anderen Ende und durch eine Holzbarriere vom Korridor getrennt. Zwei Bänke bildeten das gesamte Mobiliar auf diesem Flur, von dem ein Schreibzimmer, die Herrentoilette und der Vernehmungsraum abgingen.

Das Dienstzimmer der Detektive wurde von den uniformierten Polizisten des 87. Reviers manchmal »Bullensilo« genannt. Diese Bezeichnung beruhte auf einem freundschaftlichen Neid, denn hier war es, wo die Detektive, die Elite, die Bullen des 87. Reviers ihre Geschäfte abwickelten.

Am Morgen des 27. Juni hieß das Geschäft, das von Detektiv Bert Kling abgewickelt wurde, Mario Torr.

Torr war aus eigenem Antrieb zum Revier gekommen, war die

sieben grauen Stufen heraufgestiegen, hatte am Schreibtisch, wie vorgeschrieben, gewartet und nach den Detektiven gefragt, war auf die deutende Hand verwiesen worden und zum ersten Stock hinaufgegangen. Er hatte den schwach beleuchteten Korridor betreten, einen Moment gezögert und war dann wartend vor der Barriere stehengeblieben, bis er gefragt wurde, was er wollte.

Torr war mittelmäßig angezogen. Es gibt Männer, die einen Anzug für fünfunddreißig Dollar so zu tragen verstehen, als wäre er Maßarbeit. Torr gehört nicht zu dieser Sorte. Sein brauner Anzug mit Fischgrätenmuster hing an ihm, als gehöre er seinem dickeren Bruder. Sein Binder stammte aus einem Laden, in dem man drei Stück pro Dollar bekommt, und sein Hemd schien auch zu oft gewaschen worden zu sein. Die Manschetten und der Kragen waren ausgefranst.

Genaugenommen, sah Mario Torr heruntergekommen aus. Ein Friseur wäre ihm dringend zu empfehlen gewesen, und gerade sauber hatte er sich an diesem Morgen auch nicht rasiert. Vom Zähneputzen schien er ebenfalls wenig zu halten. Was aber das schlimmste war, Torr sah so aus, als wüßte er genau, wie schlampig er wirkte. Er machte den Eindruck, als wäre er vertrocknet, und wußte nicht, wie, zum Teufel, er zu einem bißchen Saft und Frische kommen sollte.

Mario Torr saß Kling an seinem Schreibtisch gegenüber und zwinkerte nervös mit den Augen. Offenbar fühlte er sich in einem Polizeirevier nicht allzu wohl. Noch unangenehmer schien ihm eine Unterhaltung mit einem Polizeidetektiv im Dienstraum zu sein. Mißtrauen und eine gewisse Ablehnung schwangen während seiner Unterhaltung mit Kling mit. Er benahm sich wie jemand, der zum erstenmal auf der Couch eines Psychiaters liegt. Er rutschte ständig auf seinem Stuhl hin und her, und immer wieder suchten seine Hände einen imaginären Fussel auf seiner Hose.

»Sie wußten, daß er Sy Kramer hieß, hm?« fragte Torr.

»Ja«, antwortete Kling. »Wir haben ihn an Hand seiner Fingerabdrücke einwandfrei identifizieren können.«

»Klar. Ich hab's mir schon gedacht, daß Sie das wüßten.«

»Außerdem hatte er seine Brieftasche mit seinen Papieren bei sich. Und fünfhundert Dollar Bargeld.«

Torr nickte verständnisvoll. »Ja, Sy hat immer mit dem Geld herumgeworfen.«

»Er war ein Erpresser«, sagte Kling nebenbei.

»Ach, das wissen Sie auch schon?«

»Ich habe doch gesagt, wir haben ihn durch seine Fingerabdrücke identifiziert, oder?«

»Hm«, machte Torr. »Sagen Sie mir eines.«

»Was wollen Sie wissen?«

»Halten Sie es für einen Gang-Mord?«

»Sieht so aus«, antwortete Kling.

»Soll das heißen, Sie belassen es dabei?«

»Blödsinn. Mord ist Mord.«

»Aber Sie werden Ihre Untersuchungen darauf abstellen, daß es eine Bande war, was?«

»Wir haben ein paar Fühler ausgestreckt«, sagte Kling. »Wieso?« Er sah Torr an und fragte: »Wollen Sie uns ein paar Informationen verkaufen, Torr? Sind Sie deshalb hier?«

»Ich?« Torr blickte ihn ernsthaft beleidigt an. »Seh' ich aus wie ein Spitzel?«

»Ich weiß nicht, wie Sie aussehen. Weshalb sind Sie hier?«

»Sy war mein Freund.«

»Ein guter Freund?«

»Nun, wir haben ab und zu ein Spielchen Billard zusammen gespielt. Wer hat den Fall übernommen?«

»Carella und Hawes. Sie leiten die Untersuchungen. Der Rest von uns hilft mit. Sie haben mir immer noch nicht gesagt, warum Sie hergekommen sind, Torr.«

»Na deshalb, weil ich nicht glaube, daß eine Gang den Mord verübt hat. Die Zeitungen schreiben, daß ihn ein Jagdgewehr erwischt hat. Stimmt das?«

»Den Ballistikern nach war es eine dreihunderter Savage.«

»Hört sich das vielleicht nach einem Bandenmord an? Passen Sie mal auf, ich habe herumgehört. Keiner hatte was gegen Sy. Es gab keine Unstimmigkeiten. Konnte es ja auch nicht. Sy war ein Einzelgänger. Er hatte nie etwas mit den Racket-Boys zu tun. Erpressungen macht man allein. Je mehr Leute darüber Bescheid wissen, um so öfter muß man den Gewinn teilen.«

»Sie scheinen ja ganz gut Bescheid zu wissen«, sagte Kling.

»Na klar, ich komme eben herum.«

»Sicher.«

»Also ich glaube, daß es eins von Sys Opfern war. Jemand, den er gemelkt hat, muß beschlossen haben, daß es an der Zeit war, ihn loszuwerden. Das glaube ich.«

»Wissen Sie auch zufällig, wer seine Opfer waren?«

»Nein. Aber es müssen viele gewesen sein. Sy hatte immer Zaster.«

Torr schwieg einen Augenblick, dann fragte er: »Wissen Sie denn, wer es war? Ich meine, kennen Sie seine Opfer?«

»Nein«, antwortete Kling, »aber wir werden es selbstverständlich nachprüfen. Ich weiß immer noch nicht, was Sie an der ganzen Sache so interessiert, Torr.«

»Er war mein Freund«, meinte Torr. »Ich möchte, daß Gerechtigkeit geübt wird.«

»Dann können Sie beruhigt schlafen. Wir werden alles tun, was in unserer Macht liegt.«

»Danke«, sagte Torr. »Es ist bloß, weil er doch mein Freund war, verstehen Sie? Und ich glaube, daß Sie es falsch anfassen. Es war bestimmt kein Banden-Mord, wie die Zeitungen schreiben.«

»Wir haben keinen Einfluß auf die Presse, Mr. Torr.«

»Sicher. Ich wollte nur, daß Sie wissen, was ich denke, weil Sy mein Freund war, nicht?«

»Wir werden uns darum kümmern«, sagte Kling. »Danke für Ihren Besuch.«

Torr war kaum draußen, als sich Kling das Telefon angelte und die Kriminal-Identifizierung anrief.

Das Büro hatte seinen Sitz im Hauptquartier, im Zentrum in der High Street. Es war Tag und Nacht geöffnet, und der einzige Grund für seine Existenz war das Sammeln, Zusammentragen und Katalogisieren alles Wissenswerten über Kriminelle. Es verfügte über alle einschlägigen Fingerabdrücke, hatte eine Kartei über jedes Verbrechen, das überhaupt jemals begangen wurde, eine Kartei über Entartete, auf Bewährung Entlassene, entlassene Strafgefangene, des weiteren über sämtliche der Polizei bekannten Spieler, Sexualverbrecher, Einbrecher und Taschendiebe.

Die Kartei beinhaltete mehr als achtzigtausend Fotos der bekannten Verbrecher. Und nachdem alle Personen, die wegen eines Verbrechens angeklagt und verurteilt werden, ihre Fotos und Fingerabdrücke abgeben müssen, wie es das Gesetz vorschreibt, wuchs die Kartei ständig und mußte laufend auf den neuesten Stand gebracht werden.

Das Identifizierungsbüro erhielt und sortierte jährlich etwa zweihundertundsechstausend Fingerabdrücke, und es beantwortete jährlich rund zweihundertfünfzigtausend Anfragen von Polizeistationen des ganzen Landes.

Als Kling bat, ihm alles über einen Mann namens Mario Torr zu schicken, grub das Büro in seinen Karteien nach und sandte noch am gleichen Vormittag die gewünschten fotokopierten Auskünfte an Kling.

Die mitgeschickten Fingerabdrücke interessierten Kling nur am Rande. Er sah sie flüchtig an und nahm sich dann die Kopie von Torrs Strafregister vor.

Name: Mario Albert Torressa
Identifizierungsnummer: A 720471
Alias: Mario Torr, Al Torr, Hautfarbe: weiß
Wohnort: 6312 North 11th Street, Isola
Geburtsdatum: 5. September 1917, Alter: 34 Jahre
Geburtsort: Riverhead
Größe: 1,64 Meter, Gewicht: 71 kg, Haarfarbe: schwarz
Augenfarbe: braun, Teint: dunkel, Beruf: Arbeiter
Narben und Tätowierungen: Operationsnarben hinter beiden Ohren; Blinddarmnarbe am Unterleib
Verhaftet von Polizeidetektiv Samuel Lipschitz, Devs.Nr. 12-637-1952
Datum der Verhaftung: 19. Januar 1952, Ort: Breger Avenue, Isola
Verhaftungsgrund: Erpressung.
Kurze Details des Verbrechens: Torr, der erfahren hatte, daß ein Mann, der im Gefängnis gesessen hatte, einträglich beschäftigt wurde, ohne daß sein Arbeitgeber von der Vorstrafe wußte, rief den Mann an und verlangte fünftausend Dollar. Torr drohte ihm, dem Arbeitgeber die Vorstrafe zu melden, wenn er das Geld nicht bekäme. Der Mann benachrichtigte die Polizei. Detektiv Lipschitz versteckte sich in der Wohnung des Mannes in der Breger Avenue, ertappte Torr auf frischer Tat und verhaftete ihn.
Frühere Vorstrafen: Versuchte Erpressung im Jahre 1949.
Entlassen, als der Zeuge verschwand.
Verurteilt: 20. Januar 1952 vom Kriminalgericht zu zwei Jahren Gefängnis, abzubüßen: Castleview, Jessamyn.

Im Strafgesetzbuch gab es hinsichtlich der Erpressung kleine, aber feine Unterschiede. Paragraph 253 definierte Erpressung so:

»Wer einen anderen rechtswidrig mit Gewalt oder durch Drohung mit einem empfindlichen Übel zu einer Handlung, Duldung oder Unterlassung nötigt und dadurch dem Vorhaben des Genötigten oder eines anderen Nachteil zufügt, um sich oder einen Dritten zu Unrecht zu bereichern, wird wegen Erpressung mit Gefängnis nicht unter zwei Jahren, in besonders schweren Fällen mit Zuchthaus bestraft.«

Ein Unterparagraph fuhr da fort, wo Paragraph 253 geendet hatte. Er lautete:

»Wird die Erpressung durch Gewalt gegen eine Person oder unter Anwendung von Drohungen mit gegenwärtiger Gefahr für Leib oder Leben begangen, so ist der Täter gleich einem Räuber zu bestrafen. Gefängnisstrafen nicht unter zwei Jahren, in schweren Fällen Zuchthausstrafen und Verlust der bürgerlichen Ehrenrechte.«

Der Unterschied war sehr fein; in jedem Fall aber war Torr ein angeschuldigter und verurteilter Erpresser.

Kling zuckte die Achseln und überflog den Rest der Papiere, die ihm das Büro gesandt hatte. Torr hatte ein Jahr in Castleview abgesessen, im gefürchtetsten Zuchthaus des Staates, vielleicht sogar des ganzen Landes. Anschließend war er auf Bewährung entlassen worden, nachdem ihm eine Baufirma in Sand's Spit einen Arbeitsplatz garantiert hatte.

Seitdem war Torr bei dieser Baufirma tätig, verdiente recht gut und hatte sich nichts mehr zuschulden kommen lassen. Er schien ein anständiger, ehrlicher Bürger zu sein.

Trotzdem war er an einem Mord interessiert, der wahrscheinlich von einer Bande verübt worden war, an einem Mord, dessen Opfer ein bekannter Erpresser war.

Und Bert Kling fragte sich, weshalb Torr wohl so interessiert war.

2

Es hatte eine Zeit gegeben, als Detektiv Steve Carella Danny Gimp auch nur für einen kleinen Spitzel gehalten hatte. Zwar für einen guten und einen wertvollen Spitzel, das ist wahr, aber trotzdem doch nur für einen Spitzel, einen Ausgestoßenen, der nirgendwo hingehörte, weder zur Unterwelt, die er verriet, noch zur Polizei, die ihn als notwendiges Übel bezahlte.

Es ist noch gar nicht so lange her, dachte Carella, daß ich es mir verbeten habe, wenn Gimp sich wagte, mich »Steve« zu nennen. Aber das war alles vor Dezember gewesen.

In diesem denkwürdigen Monat hatte es Steve Carella nämlich fertiggebracht, sich ein Ding verpassen zu lassen. Ausgerechnet ihm mußte es passieren, daß ihn einer anschoß. Dafür gab es keine Entschuldigung, im Gegenteil, dieser 22. Dezember war für ihn als »Idiotentag« ein fester Bestandteil seines Lebens geworden, sozusagen eine ständige Warnung, nicht wie ein junger Hund loszurennen und sich in etwas hineinzustürzen, was nicht koscher war. In diesen paar Tagen vor Weihnachten war er dem Tod von der Schippe gehopst. Irgendwie war er durchgekommen. Ein Wunder, meinten viele.

Und damals hatte man ihm gesagt, daß Danny Gimp unten auf ihn wartete. Steve Carella war sehr erstaunt, als Danny Gimp das Krankenzimmer betrat. Danny hatte seinen guten Anzug an, ein frisches Hemd und trug eine Schachtel Konfekt unterm Arm.

»Ich bin froh, daß Sie es geschafft haben, Steve«, hatte er gemurmelt.

Bis die Schwester kam, hatten sie sich unterhalten. Carella hatte zum Abschied Gimps Hand fest geschüttelt, und seit diesem Tag war Danny Gimp nicht einfach nur ein Spitzel, sondern auch ein Mensch in seinen Augen.

Am Morgen des 28. Juni humpelte Danny in das Dienstzimmer des 87. Polizeireviers, nachdem er von Carella angerufen worden war.

Die Detektive hatten erst kürzlich den Mord eines Mädchens, das in einem Spirituosengeschäft beschäftigt war, aufgeklärt und arbeiteten bereits an einem neuen Mordfall, einem, bei dem man die Talente Danny Gimps zu benötigen schien.

Danny Gimp wurde mit ausgestreckter Hand begrüßt, aber er war ja schließlich auch kein unbedeutender Spitzel, sondern ein Mensch.

»Hallo, Steve«, sagte Danny, »ist es dir heiß genug?«

»Es geht«, antwortete Carella. »Du siehst gut aus. Wie geht's?«

»Ganz gut«, meinte Gimp. »Der Regen hat meinem Bein wieder zu schaffen gemacht, aber du weißt ja selber, wie das ist. Ich bin jedenfalls froh, daß die Sonne wieder scheint.«

Danny Gimp hatte früher Kinderlähmung. Er war noch glimpflich davongekommen, denn es hatte ihn nicht ganz so schlimm erwischt. Nur ein Humpeln und ein entsprechender Spitzname waren alles, was ihn noch daran erinnerte.

Carella wußte aus eigener Erfahrung, daß alte Wunden schmerzten, wenn es regnete. Es überraschte ihn also gar nicht, daß Dannys Fuß in der vergangenen Woche weh getan hatte. Aber Danny haderte nicht mit seinem Schicksal, und Carella wäre sicher überrascht gewesen zu erfahren, daß er jede Woche für einen gewissen Jonas Salk eine Kerze in der Kirche anzündete.

Die Männer gingen in das Dienstzimmer. Von einem Schreibtisch nebenan sah Cotton Hawes von seiner Schreibmaschine auf. Bert Kling, der näher an den vergitterten Fenstern saß, die zum Grover Park hinaussahen, war mit einem Telefongespräch beschäftigt. Carella setzte sich, und Danny nahm ihm gegenüber Platz.

»Also, was kann ich dir verkaufen?« fragte Danny lächelnd.

»Sy Kramer«, antwortete Carella.

»Aha«, meinte Danny und nickte.

»Weißt du was?«

»Wenig«, antwortete Danny. »Erpressung, Nötigung, diese Dinge. In den letzten neun Monaten hat er gelebt wie Gott in Frankreich. Er muß seine Finger in etwas Großem dringehabt haben.«

»Hast du 'ne Ahnung, was es war?«

»Nö. Soll ich mal rumhören?«

»Wäre nicht schlecht. Was ist mit dem Mord neulich abend?«

»Es wird eine Menge gequatscht, Steve. So ein Ding traut man zuerst einmal den Racket-Boys zu. Nach dem, was ich gehört habe, stimmt das aber nicht.«

»Nein?«

»Wenn es wahr wäre, hätten sie es totgeschwiegen. War sowieso ein alter Hut. Wer arbeitet heute noch mit einem Jagdgewehr? Und wenn man einen Killer braucht, macht man es nicht so dramatisch. Kannst du mir folgen, Steve?«

Carella nickte.

»Wenn heutzutage einer aus dem Weg geräumt werden muß, na, dann kriegt er eben 'ne Kugel in den Kopf. Aber man quietscht nicht in schwarzen Limousinen um die Ecke und ballert darauf los. Die Sache wird leise gemacht, nicht mit solchem Lärm, verstehste?«

»Verstehe«, sagte Carella.

»Wenn eine Bande den Mord auf dem Gewissen hätte, wüßte ich es schon. Es gibt nicht viel, was ich nicht höre. Irgend jemand hätte schon bei einem Bier geplaudert. Nein, ich glaube, es war anders.«

»Wie denn?«

»Eins von Kramers Opfern hatte genug von ihm. Der Mann hat sich ein Auto und ein Gewehr besorgt und spielte Schützenfest. Good bye Sy – hallo, fahr zur Hölle.«

»Wer immer es getan hat, war ein guter Schütze, Danny. Es wurde nur ein Schuß abgegeben, und der riß Kramer das halbe Gesicht weg. Das hört sich nicht nach einem Amateur an.«

»Eine Menge Amateure haben schießen gelernt«, sagte Danny. »Das hat überhaupt nichts zu bedeuten. Nein, jemandem war er im Wege, Steve. Nach dem, was ich so gehört habe, sind die Gangs nicht beteiligt. Die meisten haben noch nie von ihm gehört. Einen Job, wie er ihn hatte, macht man allein. Das ist doch 'ne simple Rechnung. Nimmst du dir einen Partner, mußt du mit ihm teilen. Alles, bis auf die Zuchthausstrafe, die bleibt dir hundertprozentig.«

»Du hat keine Ahnung, wen er gemelkt hat, was?« fragte Carella.

»Leider nicht. Sonst hätte ich vielleicht auch ein bißchen mitgespielt«, meinte Danny und grinste. »Ich werde mich bemühen, etwas rauszukriegen. Aber das Geheimnis der Erpressung ist eben das Geheimnis. Wenn es zu viele Leute kennen, ist es keines mehr. Und wenn es keins mehr ist, weshalb sollte jemand dann blechen? Na, ich werde rumhören und die Ohren spitzen. Aber es wird 'ne harte Nuß werden.«

»Was weißt du über einen Mann, der Mario Torr heißt?«

»Torr? Torr?« überlegte Danny. »Torr? Kann mich nicht erinnern.«

»Er hat 1952 wegen Erpressung gesessen«, berichtete Carella. »Nach einem Jahr wurde er auf Bewährung entlassen. Er war vorher schon mal wegen Erpressung angezeigt. Aber jetzt arbeitet er bei einer Baufirma. Er interessiert sich für Kramers Tod, sagt, er sei ein Freund von ihm gewesen. Kennst du ihn?«

»Nö«, antwortete Danny. »Vielleicht ist er wirklich ein anständiger Bürger, wer weiß, Steve, Wunder können passieren, weißt du?«

»Nicht oft«, meinte Carella. »Hast du in der Stadt irgendein importiertes Talent entdeckt?«

»Glaubst du, daß Kramer wichtig genug war, einen Schützen von außerhalb zu engagieren? Steve, das ist eine verrückte Annahme, glaub mir.«

»Okay, okay. Aber ist ein auswärtiger Knaller hier?«

»Ja, ein Kerl aus Boston. Man nennt ihn Newton, da stammt er nämlich her.«

»Ein Killer?«

»Ich schätze, daß er schon ein paar kaltgemacht hat. Aber durch mich wirst du das leider nicht beweisen können. Deshalb ist der aber nicht gekommen.«

»Weshalb denn?«

»Sie bauen irgend etwas Neues auf, irgend etwas zwischen hier und Boston. Newton ist nur ein Botenjunge, damit die Großkotzigen nicht zusammen gesehen werden. Er ist nicht der Kerl, der Kramer kaltgemacht hat.«

»Wo ist dieser Newton?«

»Er wohnt am Stem, Hotel Rockland. Mit Nachnamen heißt er Hall.« Danny kicherte. »Hört sich an wie ein Kurort.« Wieder kicherte er: »Newton Hall!«

»Du glaubst also nicht, daß es der Mühe wert wäre, ihn zu besuchen?« erkundigte sich Carella.

»Reine Zeitverschwendung. Paß auf, mach, was du willst. Ich bin ja nicht dein Boß. Aber du vergeudest nur deine Zeit. Laß mich ein bißchen rumhören, dann werde ich dich anrufen.«

»Was schulde ich dir«, fragte Carella und griff in die Tasche.

»Warte damit, bis ich dir was bringe«, antwortete Danny.

Sie schüttelten sich die Hände, und er verließ das Revier.

Carella ging hinüber zu Hawes.

»Nimm deinen Hut, Cotton«, sagte er. »Es gibt einen Kerl, dem ich eine Stippvisite machen will.«

Cotton Hawes war erst vor kurzem zum 87. Revier versetzt

worden. Er war einen Meter siebenundachtzig groß und wog splitternackt runde neunzig Kilo. Seine Augen waren blau, und er hatte einen viereckigen Unterkiefer mit einem energischen Kinn. Sein Haar war mit Ausnahme einer Strähne über der Schläfe rot. Dort war er mit einem Messer gestochen worden, und eigenartigerweise wuchs das Haar weiß nach, als die Wunde verheilt war Hawes hatte eine gerade Nase und einen schönen Mund mit einer sinnlichen Unterlippe. Darüber hinaus besaß er auch gute Ohren.

Obwohl er noch neu im 87. Revier war, wußte er, daß es sich immer lohnte, wenn man Steve Carella zuhörte. Wenn also Carella sprach, lauschte Hawes.

Während der ganzen Fahrt bis hinunter ins Rockland Hotel entging ihm kein einziges Wort. Er lauschte auch noch, als Carella dem Hotelportier seine Blechmarke unter die Nase schob und den Schlüssel zu Halls Zimmer verlangte.

Erst als sie den Fahrstuhl im dritten Stock verließen, hörte Carella auf zu reden.

Vielleicht bestand gar kein Grund für eine besondere Vorsicht. Vielleicht war Hall aber auch in Kramers Mord verwickelt. Dann lagen die Dinge wieder anders. In jedem Fall nahmen beide Detektive ihre Dienstrevolver zur Hand

Als sie die Tür zu Halls Zimmer erreicht hatten, stellte sich jeder an einer Seite auf. An die Wand gepreßt – Carellas Arm war das einzige, was aus der Deckung hervorkam –, steckte er den Schlüssel ins Schlüsselloch und drehte ihn rasch um. Dann stieß er die Tür auf.

Newton Hall saß in einem Sessel am Fenster und las. Erstaunt sah er auf. Als er die beiden Revolver auf sich gerichtet sah, stieg Angst in seine Augen.

»Polizei«, knurrte Carella.

Die Angst in Halls Augen verschwand ebenso plötzlich, wie sie gekommen war.

»Lieber Gott«, meinte Hall, »haben Sie mich aber erschreckt. Kommen Sie rein und stecken Sie die Eisen weg. Setzen Sie sich bitte.«

»Stehen Sie auf, Hall«, forderte Carella.

Hall erhob sich von seinem Stuhl, und Hawes tastete ihn schnell ab.

»Er ist sauber, Steve.«

Beide Männer steckten ihre Waffen ein.
»Ich nehme an, Sie können sich ausweisen«, sagte Hall.
Carella wollte gerade seine Brieftasche herausziehen, als Hall meinte: »Lassen Sie das. Ich habe ja nur gefragt.«
»Wann sind Sie angekommen, Hall?« fragte Carella.
»Montag abend.«
»Am Vierundzwanzigsten?«
»Ja. Hören Sie mal, hab' ich was verbrochen?«
»Das wollen wir von Ihnen hören.«
»Was wollen Sie wissen?«
»Wo waren Sie am Mittwochabend?« erkundigte sich Hawes.
»Mittwochabend?« wiederholte Hall. »Warten Sie mal. Ach ja, ich habe eine Puppe getroffen.«
»Wie heißt sie?«
»Carmela.«
»Carmela und wie noch?«
»Fresco.«
»Wo sind Sie mit ihr hingegangen?«
»Wir waren hier.«
»Die ganze Nacht?«
»Ja.«
»Von wann bis wann?«
»Ungefähr von neun bis zum nächsten Morgen. Sie ging erst nach dem Frühstück.«
»Was haben Sie die ganze Zeit getan?« fragte Hawes.
Hall grinste. »Was glauben Sie wohl?«
»Ich weiß es nicht. Sie werden es uns sagen, nehme ich an.«
Hall grinste immer noch. »Wir haben Versteck gespielt«, meinte er.
»Haben Sie während dieser Zeit das Zimmer mal verlassen?«
»Nein. Ich war immer hier. Wissen Sie, mir gefällt Versteckspielen.«
»Kannten Sie Sy Kramer?« fragte Carella.
»Aha«, sagte Hall. »Daher weht der Wind. Ich hätte es mir denken können.«
»Kannten Sie ihn?«
»Nein. Hab' ihn nie gesehen. Ich habe nur davon in der Zeitung gelesen.«
»Aber Sie kannten ihn nicht persönlich?«

»Nein.«

»Haben Sie vorher schon mal von ihm gehört?«

»Auch nicht.«

»Weshalb sind Sie aus Boston gekommen?«

»Ein bißchen Urlaub. Will mir ein paar Shows ansehen. Ich liebe Shows.«

»Was haben Sie bisher schon gesehen?«

»Noch gar nichts«, gab Hall zu. »Es ist ziemlich schwierig, Karten zu bekommen, wissen Sie. Nur für Striptease gibt es welche. Aber wer will das schon sehen? Ich mag Musicals, Lieder, Mädchen, das ist was für mich. Meine Freunde nennen mich Optimisten-Charly, jawohl.« Er schnappte mit den Fingern. »Ich habe einen guten Freund, der hat Verbindungen. Er kauft die Eintrittskarten rechtzeitig an der Kasse und versteigert sie dann meistbietend. Nur, im Moment konnte er mir auch nicht helfen. Musicals und so . . .«

»Und deshalb sind Sie hier? Nur, um sich ein paar Musicals anzusehen?«

»Ja, und um mich ein bißchen zu erholen.«

»Aber bis jetzt waren Sie noch nicht im Theater?«

»Nein.«

»Haben Sie sich erholt?«

»Nun, wissen Sie . . .«

»Optimisten-Charly, wie?«

»Ja. Ich lass' mich nicht so leicht unterkriegen.«

»Wie können wir diese Carmela Fresco erreichen?«

»Weshalb wollen Sie sie hineinziehen?«

»Haben Sie ein besseres Alibi?«

»Nein, aber . . . Sie ist doch noch ein Kind. Ich kenne sie, und wir . . .«

»Wie alt?« donnerte Hawes.

»Nicht, wie Sie denken«, antwortete Hall. »Sie ist volljährig, machen Sie sich darüber bloß keine Gedanken. Ich bin doch nicht von gestern. Aber sie ist trotzdem noch ein Kind. Wenn Sie zu ihr gehen und sie verhören, macht sie sich die tollsten Gedanken. Und mir haben Sie dann auch die Tour vermasselt.«

»Das täte uns besonders leid«, sagte Carella.

»Wieso glauben Sie eigentlich, daß ich etwas mit Kramers Mord zu tun habe?« fragte Hall.

»Wissen Sie denn, wer sonst etwas damit zu tun hat?«

»Blöde Frage.«

»Weshalb?«

»Angenommen, ich wüßte es, okay? Angenommen, ich kenne den Burschen, der ein paar Männer anheuerte, um Kramer eins zu verpassen. Ihn zu töten, meine ich. Nicht, um ihn zu erschrekken, ihn zu warnen, nein, um ihn kaltzumachen. Diese Burschen spielen nicht. Glauben Sie wirklich, daß ich meinen Mund aufmachen und die Männer verpfeifen würde? Leute dieser Art verstehen keinen Spaß. Man muß ziemlich dämlich sein, über solche Leute den Mund aufzumachen, glauben Sie nicht?«

»Haben denn ein paar gefährliche Burschen damit zu tun, Hall?«

»Ich will ehrlich sein, ich weiß es nicht. Das ist die Wahrheit. Gewöhnlich helfe ich den Bul ... ich meine der Polizei, nicht. Aber diesmal, glaube ich, sitzen Sie auf dem falschen Dampfer. Wenn das eine Banden-Arbeit gewesen wäre, hätte ich davon gehört. Habe ich aber nicht, kein Sterbenswörtchen.«

»Es gibt noch eine andere Möglichkeit«, sagte Hawes.

»Sicher. Und die wäre?«

»Sie könnten Kramer umgebracht haben.«

»Das einzige, was ich am Mittwochabend umgebracht habe, war Carmela Fresco. Ich glaub', ich war in Form. Ich hab's ihr gezeigt. Wenn die bei mir rausgeht, ist sie tot.« Hall lächelte. »Um ganz bei der Wahrheit zu bleiben, ich auch. Es ist ein feines Arrangement.«

»Ja, wie eine Mord-GmbH, wie?« meinte Carella.

»So ungefähr. Eine Erledigungsgesellschaft auf Gegenseitigkeit sozusagen. Wir machen uns gegenseitig fertig. Lieber Gott! Wie diese Kleine mich kaputtmacht!«

»Wie erreichen wir sie?«

»Sie steht im Telefonbuch.«

»Wie ist die Nummer?«

»Ich sage doch, sie steht im Telefonbuch.«

»Wir können nicht lesen«, sagte Hawes.

»Menschenskind, seien Sie doch nicht so! Warum muß ich denn das Schwein sein? Sie könnten ihr doch sagen, Sie haben sie aus dem Telefonbuch gesucht. Das wäre sogar die Wahrheit.«

»Es macht uns nichts aus, ein bißchen zu schwindeln«, beruhigte ihn Carella. »Also wie ist ihre Nummer? Wir werden ihr sagen, wir haben sie aus dem Buch.«

Hall hob die Schultern. »Hunter 1-3800«, sagte er. »Ich wünschte, Sie würden sie da rauslassen.«

»Fürs erste sind Sie selber noch nicht raus«, sagte Hawes.

»Ich hab' 'ne reine Weste, Junge«, meinte Hall. »Ich wünschte, sie wäre immer so weiß wie in diesem Fall. Sie ist so weiß, sage ich Ihnen, sie scheint richtig. Sie leuchtet!«

»Das werden wir schon sehen«, brummte Hawes.

Sie gingen zur Tür. Auf der Schwelle wandte sich Carella um. »Ach, noch eines, Sonnengott!«

»Ja?« fragte Hall.

»Fahren Sie nicht nach Boston zurück, ohne sich von uns zu verabschieden.«

»Ich bleibe noch«, meinte Hall gähnend. »Ich will mir doch ein paar Shows ansehen. Musik, Mädchen, Sie wissen doch, Optimisten-Charly . . .«

Die Tür schlug zu.

Carmela Fresco benahm sich anfangs äußerst schüchtern. Sie wäre ein anständiges Mädchen, sagte sie, und würde ganz gewiß nicht mit einem Mann aufs Hotelzimmer gehen. Was glaubten sie wohl von ihr, wie? Sah sie etwa wie so eine aus, hm? Hatte dieser Newton oder wie er heißt etwa behauptet, sie wäre so eine?

Carella und Hawes waren sehr geduldig mit ihr.

Das Mädchen wiederholte immer und immer wieder seine Geschichte. Sie sei ganz gewiß nicht bei diesem Newton gewesen. Nicht am Mittwoch und auch an keinem andern Tag. Immer wieder berichtete sie, wie sie mit ihrer Mutter am Mittwochabend zu einem Kirchentreffen gegangen war und Bingo gespielt habe.

Und dann, mitten in einem Satz, fing sie plötzlich zu brüllen an: »Dieses Schwein! Glaubt wohl, ich bin ein Schlampe, daß er jedem erzählen kann, daß ich eine verdammte Nacht bei ihm geblieben bin!«

Das war das.

Carmelas guter Ruf war damit zwar in Frage gestellt, aber Newton Halls Alibi war wie seine Weste: weiß, scheinend, glänzend.

Hawes rief ihn an und teilte ihm mit, daß er nach Boston zurückfahren könnte, wann immer es ihm paßt. Und je eher er wieder verschwinden würde, desto lieber wäre es ihm.

3

An dem Abend, an dem Sy Kramer ermordet wurde, dem 26. Juni, war ein Passant den gleichen Weg gegangen, hatte die Leiche auf der Straße liegen gesehen und sofort die Polizei verständigt.

Der Anruf wurde von einem Beamten entgegengenommen, der in der Telefonzentrale des Hauptquartiers saß und einen Block gedruckter Formulare vor sich hatte.

Er schrieb die Information genauso nieder, wie sie ihm aufgeregt durch den Draht gegeben wurde.

Er rollte das ausgefüllte Formblatt zusammen, steckte es in eine Metallhülle und schickte es per Rohrpost in den Radioraum, wo es durch einen Depescher weiterdirigiert wurde. Er inspizierte die große Karte der einzelnen Polizeireviere hinten an der Wand und beorderte dann eine Funkstreife zum Tatort. Er vermerkte die Uhrzeit der Sendung auf dem Formblatt und legte die Kopie dann auf eine Seite des Schreibtischs.

Inzwischen war auch die Detektivabteilung des 87. Polizeireviers benachrichtigt und gebeten worden, zurückzurufen, falls es sich tatsächlich um Mord handelte, damit von der Zentrale aus die Mordkommission Süd informiert werden konnte.

Die Detektive, die diese Nachricht erhielten, waren Carella und Hawes. Also war dies offiziell ihr Fall.

Sie hatten selbstverständlich die Möglichkeit, andere Männer des Reviers zur Unterstützung zu erbitten, vorausgesetzt, daß Captain Byrnes glaubte, diese Männer entbehren zu können.

Die Mordkommission Süd würde mit ihrer eigenen Untersuchung beginnen, während sie mit viel Aufwand das 87. Revier beriet, daß Mord keine leichte Sache für ein Polizeirevier sei.

In Wirklichkeit aber, ob die Mordkommission es nun zugeben wollte oder nicht, war sie völlig hilflos und hatte keine Möglichkeit, die Flut der Verbrechen ohne die Hilfe der einzelnen Reviere zu bewältigen. Also akzeptierte sie immer wieder die Eingriffe in ihr Hoheitsgebiet und sah stillschweigend zu, daß die Mehrzahl der Mordfälle von den Männern des Reviers übernommen wurde, in dem das Verbrechen stattgefunden hatte.

Der Fall Sy Kramer gehörte also Steve Carella und Cotton Hawes, und daran gab es nichts zu rütteln.

Als Mario Torr mit seinen Theorien über die Schießerei aufgekreuzt war, waren sie nicht im Büro gewesen. Aus diesem Grunde hatte sich natürlich Kling angehört, was der Mann zu sagen hatte, und diese Information später seinen Kollegen übermittelt.

Bei einer Dienstbesprechung der Bullen würde sich jeder die Freiheit nehmen, seine Theorien über den Mord bekanntzugeben. Die Männer des 87. Polizeireviers arbeiteten gut zusammen. Jeder Fall wurde mit Feuereifer diskutiert, und keiner hielt mit seiner Ansicht hinterm Berg. Anfangs schien es immer wie ein Puzzlespiel, aber zum Schluß kam doch eine schöne, runde Sache dabei heraus.

Am Sonnabend, dem 29. Juni, ging Cotton Hawes, einer der beiden Detektive, die die offizielle Untersuchung über das vorzeitige Ableben Sy Kramers durchführten, mit der Geliebten des Opfers schlafen und machte dabei eine erstaunliche Entdeckung über sich selbst.

Er stellte nämlich fest, daß er sich von einer Minute auf die andere verlieben, die ganze Geschichte aber genauso schnell wieder vergessen konnte. Dieses Manko an seinem Charakter oder dieser Vorteil (ganz, wie man die Dinge eben betrachtete) war neu für ihn. Es belustigte ihn und stimmte ihn gleichzeitig nachdenklich.

Kramers Ex-Geliebte, so folgerte er, hatte auch ein bißchen Schuld daran. Aber Hawes war nie der Mann gewesen, der sich hinter Weiberröcken versteckt, und so war er auch jetzt bereit, seinen Teil der Schuld oder der Anerkennung (ganz, wie man die Dinge eben betrachtete) auf sich zu nehmen. Und er gratulierte sich selber zu seiner »ehrenwerten Verführung«, wie er es nannte. Sein Beruf hatte damit nichts zu tun. Cotton Hawes, der Mann, war mit dieser Frau ins Bett gegangen und nicht etwa Cotton Hawes, der Polizei-Detektiv. Er hatte sogar gewartet, bis sein Dienst vorbei war, bevor er ...

Nun ja, sie hatte ihm schon am Nachmittag während des Verhörs sehr gut gefallen.

Der Name des Mädchens war Nancy O'Hara. Ihr Haar war rot, aber keiner ihrer Freunde oder Bekannten frozzelte sie deswegen. Früher hatten ihr die Leute hinterhergerufen: »Geht da nicht die O'Hara?« Gemeint war damit eine Hollywoodgröße mit gleichem Namen. Nancy hatte sich stets charmant aus der Affäre gezogen und leise geantwortet: »Sie irren sich, ich bin John O'Hara, der Schriftsteller.«

Aber sie war nur Nancy O'Hara und Kramers Geliebte.

Cotton Hawes hatte sich in dem Moment in sie verliebt, als sie die Tür zu ihrer Wohnung in der Jefferson Avenue öffnete, und dies, obgleich sie wirklich nicht danach angezogen war. Im Gegenteil, sie sah betont männlich aus, sie trug lange Hosen, die hinten bis zur Kniekehle durchnäßt waren. Dazu hatte sie ein Herrenhemd an, das über der Hose hing. Die Ärmel waren hochgekrempelt.

Nancy hatte strahlend grüne Augen, die im Gegensatz zu ihrem jetzt ärgerlich verzogenen Mund standen. Sie sah überhaupt nicht wie die Geliebte eines Erpressers aus. Aber Hawes hatte natürlich auch keine rechte Vorstellung von derartigen Damen.

Als sie die Tür geöffnet hatte, sprudelte sie sofort los: »Gott sei Dank, daß Sie hier sind! Hier entlang, kommen Sie bitte!«

Hawes folgte ihr durch ein luxuriöses Wohnzimmer, durch ein ebenso elegantes Schlafzimmer bis zu einem Bad, das augenblicklich wie ein Swimmingpool aussah.

»Weshalb haben Sie denn so lange gebraucht?« fragte Nancy. »Da kann ja ein Mensch ertrinken, bis ...«

»Was ist denn los?« erkundigte sich Hawes höflich.

»Ich habe es doch schon am Telefon gesagt. Ich kann die Brause nicht mehr abstellen. Irgendwas sitzt fest. Die ganze Wohnung wird noch wegschwimmen.«

Als Hawes sein Jackett auszog, warf Nancy einen mißtrauischen Blick auf sein Schulterhalfter und den brünierten Lauf seines Achtunddreißigers.

»Haben Sie immer ein Schießeisen bei sich?« fragte sie.

»Immer«, antwortete er trocken.

Sie nickte verständnisvoll. »Ich habe mir schon gedacht, daß Installateur ein Hasardberuf ist.«

Hawes hatte in die Wanne gegriffen. Nachdem er vergeblich an den Hähnen gedreht hatte, sagte er: »Sie klemmen.«

»Ja, das weiß ich.«

»Haben Sie denn einen Installateur gerufen?«

»Wenn Sie das nicht sind«, schimpfte sie, »haben Sie meine Wohnung unter Vorspiegelung falscher Tatsachen betreten.«

Hawes manipulierte immer noch an den Wasserhähnen. »Ich habe nie behauptet, Installateur zu sein. Außerdem werde ich naß.«

»Was sind Sie denn?« fragte Nancy.

»Detektiv.«

»Machen Sie sofort, daß Sie aus meinem Bad herauskommen!« befahl Nancy.

»Psst! Jetzt läßt er sich langsam drehen, glaube ich.«

»Sie brauchen einen Haussuchungsbefehl, bevor Sie ...«

»Na bitte«, meinte Hawes. »Alles, was ich jetzt noch machen muß, ist... Au!« Er zog seine Hand zurück und schüttelte sie.

»Was ist denn los?«

»Ich muß das kalte Wasser abgedreht haben. Ich habe mich verbrannt.«

In dem kleinen Bad begannen sich dicke Dampfwolken auszubreiten.

»Los! Tun Sie was!« rief Nancy. »Zum Teufel, Sie haben es ja noch schlimmer gemacht!«

»Ich muß die...«, sagte Hawes halb zu sich selbst. Geschickt drückte er die Dusche zur Wand hin. »So!« brummte er. Dann begann er, an dem Heißwasserhahn herumzuarbeiten. »Es wird schon«, meinte er. »Wie haben Sie denn das fertiggebracht?«

»Ich wollte mich duschen.«

»Mit langen Hosen?«

»Die habe ich erst angezogen, nachdem ich den Installateur angerufen habe.«

»Jetzt haben wir's«, sagte Hawes und drehte den Hahn ganz zu. »Puh!«

»Sie sind ja pitschenaß«, sagte Nancy.

»Ja.« Hawes grinste.

Sie betrachtete ihn von oben bis unten, dann meinte sie energisch: »Los, ziehen Sie Ihr Hemd aus! So können Sie hier nicht herumlaufen. Ich werde Ihnen etwas Trockenes bringen.«

»Danke.«

Als Nancy das Bad verlassen hatte, schnallte er seinen Schulterhalfter ab und legte ihn auf den Wassertank der Toilette. Dann zog er sein Hemd aus. Als er gerade sein Unterhemd über den Kopf zog, kam Nancy zurück.

»Hier«, sagte sie. »Es wird Ihnen wahrscheinlich zu klein sein.«

Sie reichte ihm ein hellblaues langärmeliges Sporthemd, das auf der linken Brusttasche das Monogramm S. K. eingestickt hatte.

»Mr. Kramers?« fragte Hawes und zog das Hemd über.

»Ja«, antwortete Nancy. »Es ist ein ganz teures Hemd. Aus Italien importiert. Aber ich glaube nicht, daß er etwas dagegen hat, wenn Sie es tragen.«

Hawes rollte sich die Ärmel hoch. Das Hemd spannte sich über seine breite Brust wie eine zweite Haut. Er nahm sein Jackett, seine nassen Sachen und sein Schulterhalfter.

»Geben Sie Ihre Klamotten her«, sagte sie. »Ich habe eine Trockenmaschine.«

»Danke.«

»Nehmen Sie im Wohnzimmer Platz«, bat sie ihn.

»Danke.«

»Im Schrank steht Whisky.«

»Danke.«

Dann verschwand sie in einem kleinen Alkoven, der an die Küche grenzte. Hawes machte es sich im Wohnzimmer bequem. Er konnte hören, wie sie die automatische Trockenmaschine anstellte. Kurz darauf kam sie ins Zimmer und sah ihn an.

»Wie heißen Sie?«

»Detektiv Hawes.«

»Haben Sie einen Haussuchungsbefehl, Mr. Hawes?«

»Ich möchte Ihnen nur ein paar Fragen stellen, Miss O'Hara. Dazu brauche ich keinen.«

»Außerdem haben Sie meine Dusche repariert.«

Plötzlich schien ihr etwas einzufallen. »Ich werde nur rasch anrufen und den Installateur abbestellen. Entschuldigen Sie mich eine Minute.«

Auf dem Weg hinaus blieb sie stehen. »Ich werde mir lieber auch ein paar andere Hosen anziehen. Möchten Sie etwas trinken?«

»Nicht erlaubt«, antwortete Hawes.

»Herrjeh«, murmelte sie und ging.

Hawes sah sich im Zimmer um. Auf einem Flügel stand das eingerahmte Foto von Sy Kramer. Ein Pfeifenständer mit sechs Pfeifen stand auf einem kleinen Tisch neben einem Sessel. Der ganze Raum hatte einen männlichen Charakter. Er fühlte sich eigenartigerweise sehr gemütlich hier und begann den Geschmack des verstorbenen Sy Kramer zu bewundern.

Als Nancy zurückkam, hatte sie das Herrenhemd in eine gestreifte lange Hose hineingesteckt.

»Typisch Handwerker«, meinte sie.

»Wie bitte?«

»Der Installateurmeister. Ich habe ihm gesagt, ich brauche keinen Mann mehr. Er wußte überhaupt nicht, wovon ich rede. Inzwischen könnte ich hier schon ertrunken liegen. Ich bin Ihnen sehr zu Dank verpflichtet.«

»Bitte sehr.«

»Möchten Sie nicht doch einen Drink?«

»Nein danke. Ich sollte es wirklich nicht tun.«

»Niemand achtet heutzutage noch darauf, was er tun sollte«, meinte Nancy. »Was nehmen Sie?«

»Scotch«, antwortete er.

»Sy hat guten Scotch, glaube ich. Ich trinke ihn nie, aber er sagt, er wäre gut.« Sie goß ihm ein Glas voll. »Nehmen Sie etwas dazu?«

»Nur ein bißchen Eis, bitte.«

Sie gab ihm ein paar Würfel und goß sich dann selbst einen Gin ein. »Haben Sie was dagegen?«

»Wie?«

»Ich meine den Gin.«

»Aber nein.«

»Auf die Installateure von Amerika«, sagte sie.

»Prost!«

Sie tranken.

»Was wollten Sie fragen, Mr. Hawes?«

»Nur ein paar Routinesachen.«

»Über Sy?«

»Ja.«

»Wie kommen Sie auf mich?«

»War es ein Geheimnis, daß Sie beide zusammenlebten?« fragte Hawes.

»Nein. Ich habe die Polizei erwartet. Ich war nur gespannt . . .«

»Wir erkundigen uns.«

»Nun, was möchten Sie also wissen?«

»Wie lange lebten Sie schon zusammen?«

»Seit letzten September.«

»Was werden Sie jetzt machen?«

Nancy zuckte die Achseln. »Die Miete ist bis zum nächsten Monat bezahlt. Danach werde ich eben ausziehen.«

»Wohin?«

»Irgendwo.« Wieder hob sie die Schultern hoch. »Ich bin . . .«, sie zögerte, »Tänzerin. Ich werde schon Arbeit finden. Ich muß eben wieder anfangen mich umzutun.«

»Wie haben Sie Kramer kennengelernt?«

»Am Stem. In einem Drugstore. Er sprach mich bei einer Tasse Kaffee an. Wir verabredeten uns.« Wieder zuckte sie mit den Achseln. »Na, und hier bin ich.«

»Aha.«

»Tun Sie nicht so puritanisch«, sagte Nancy.

»Tu ich das?«

»Ja. Ich war nicht gerade eine Unschuld vom Lande, als ich Sy kennenlernte. Schließlich bin ich siebenundzwanzig, Mr. Hawes, in dieser Stadt geboren und aufgewachsen und nicht etwa eine kleine Dorfschönheit, die vom Lichterglanz der Großstadt angezogen war. Nein, Sy hat mir meine Unschuld nicht mehr geraubt.«

»Nein?«

»Nein. Ich bin eine ganz gute Tänzerin, aber man kann dieses Herumgehüpfe satt kriegen; wissen Sie, wie viele Tänzerinnen es in dieser Stadt gibt?«

»Wie viele?«

»Zu viele. Für jedes Ballett gibt es ungefähr fünfhundert Mädchen, die sich bewerben, wenn ein Platz frei wird. Ich hatte auch einmal die Hoffnung.«

»Worauf?«

»Ich dachte, daß ich es schaffen würde.«

»Und es hat nicht geklappt?«

»Ich bin immer noch ohne Engagement«, antwortete Nancy. »Sys Vorschlag hat sich gut angehört. Außerdem war er ein netter Kerl. Ich mochte ihn. Wenn ich ihn nicht gern gehabt hätte, wäre ich nicht hier. Ich habe schon bei hungernden Schauspielern im Künstlerviertel gewohnt, und die mochte ich nicht halb so gern.«

»Wußten Sie, daß er vorbestraft war?«

»Ja.«

»Wußten Sie, daß er ein Erpresser war?«

»Nein. War er das?«

»Ja.«

»Mir hat er erzählt, daß er wegen einer Schlägerei um ein Mädchen gesessen hat.«

»Wie hat er Ihnen erklärt, wo sein Geld herkommt?«

»Überhaupt nicht. Und ich habe ihn auch nicht danach gefragt.«

»Ist er regelmäßig aus dem Haus gegangen, als würde er einer Arbeit nachgehen?«

»Nein.«

»Und Sie hatten nie den Verdacht, daß er in etwas Illegales verwickelt sein könnte?«

»Nein. Nun, um ehrlich zu sein, manchmal doch. Aber ich habe ihn nie danach gefragt.«

»Warum nicht?«

»Das Geschäft eines Mannes geht eine Frau nichts an. Ich halte nichts vom Schnüffeln.«

»Aha«, meinte Hawes.

»Sie glauben mir nicht?«

»Doch, aber ich hatte gehofft, daß Sie uns einen Hinweis auf seine Opfer geben könnten.« Hawes zuckte die Achseln. »Aber da Sie nichts wissen über . . .«

»Nein, ich weiß nichts.« Nancy überlegte einen Augenblick. Dann fragte sie: »Wo haben Sie die weiße Strähne her?«

»Was? Ach so.« Hawes fuhr sich durchs Haar. »Ich wurde mal mit einem Messer gestochen.«

»Sieht gut aus.« Sie lächelte. »Das ist der letzte Schrei, wissen Sie das?«

»Ich versuche immer, mit der Mode Schritt zu halten«, antwortete er und lachte. »Haben Sie eine Ahnung, wieviel Geld Kramer verdient hat?«

»Nein. Aber es muß eine ganze Menge gewesen sein, nehme ich an. Diese Wohnung hier ist nicht gerade ein Loch, oder?«

»Kaum. Wissen Sie, wie hoch die Miete ist?«

»Ich glaube, dreihundertfünfzig im Monat.«

Hawes pfiff.
»Wer erzählt eigentlich immer diese Märchen, daß sich Verbrechen nicht bezahlt machen, hm?« fragte Nancy.
»Lohnen sie sich?« erkundigte sich Hawes.
»Nun, Sie sehen ja . . .«
»Kramer ist in einem Rinnstein verreckt.«
»Aber gelebt hat er in Luxus«, antwortete Nancy.
»Ich möchte lieber bescheiden leben und im Bett sterben.«
»Sterben viele Polizisten in ihrem Bett?«
»Die meisten. Hatte Kramer ein Adressenbuch?«
»Ja. Soll ich es holen?«
»Später. Hatte er Scheckhefte?« Hawes überlegte. »Sparbücher?«
»Ja, er hat zwei Scheckbücher«, berichtete Nancy.
»Auch ein Bankschließfach?«
»Das glaube ich nicht.«
»Sie sind hübsch, Miss O'Hara.«
»Das weiß ich.«
»Ich kann mir denken, daß Sie das wissen. Aber deswegen sind Sie nicht weniger hübsch.«
»Sind Sie mit Ihren Routinefragen fertig?« meinte sie spöttisch. »Sind wir schon so weit, um über Sex zu sprechen?«
»Ich . . .«
»Sie haben gerade begonnen, wie die meisten Produzenten und Manager in der Stadt zu reden, und ich dachte immer, Polizisten sind über solche Sachen erhaben, außer denen, die bei der Sitte sind.«
»Ich wußte nicht, daß es Sie stört, wenn man Ihnen sagt, wie hübsch Sie sind«, sagte Hawes. »Es tut mir leid.«
»Sie sehen auch gut aus«, meinte Nancy. »Nun haben wir die Komplimente ausgetauscht, also lassen wir den Quatsch. Was wollen Sie sonst noch wissen?«
»Hat Kramer hier Leute empfangen?«
»Manchmal.«
»Was für Freunde hatte er?«
»Alle möglichen.«
»Kriminelle?«
»Ich würde einen Fälscher nicht mal erkennen, wenn er meine Unterschrift nachmacht«, sagte sie.

»Sie müssen doch die Gespräche gehört haben.«

»Habe ich auch. Verbrechen wurden nie diskutiert. Die Leute, die Sy hier hatte, schienen respektable Bürger zu sein. Sie waren verheiratet und hatten Kinder.«

»Auch Diebe haben Frauen und Kinder«, sagte Hawes.

»Ich glaube nicht, daß diese Leute Diebe waren. Einer von ihnen war Architekt, ein anderer Rechtsanwalt.«

»Hatte Kramer andere Interessen, ich meine, neben seiner ...« Hawes zögerte, »Arbeit?«

»Was zum Beispiel?«

»Hobbys? Klubs, so etwas.«

»Er war ein begeisterter Jäger und machte manchmal Jagdausflüge.«

»Wohin?«

»In die Berge.«

»Nahm er Sie mit?«

»Nein. Ich könnte nicht einmal eine Maus töten.«

»Haben Sie sich mit Kramer verstanden, Miss O'Hara?«

»Sehr gut. Warum?«

»Kennen Sie persönlich irgendwelche Verbrecher?«

»Sie meinen, ob ich den Burschen angeheuert habe, der Sy erschossen hat?«

»Wenn Sie so wollen.«

»Nein. Ich habe es nicht getan, und ich kenne auch keine Verbrecher. Ich kenne nur eine Person, die mit Verbrechen zu tun hat, und die beginnt gerade, mich zu langweilen.«

Hawes lächelte. »Es tut mir leid. Ich muß Fragen stellen, dafür bezahlt man mich.«

»Soll ich Ihnen jetzt die Sachen holen?«

»Bitte. Vielleicht hilft es uns. Oder ist es Ihnen egal, ob wir seinen Mörder finden oder nicht?«

Nancy überlegte ernsthaft. »Sy ist tot«, sagte sie einfach. »Unsere Bekanntschaft war eine vorübergehende. Ich mochte ihn sehr gern, und ich glaube, ich möchte, daß Gerechtigkeit geübt wird. Ich werde Ihnen helfen, so gut ich kann. Aber bitterlich weinen? Nein, das werde ich nicht. Und nach einem halben Jahr immer noch an ihn denken? Wahrscheinlich auch nicht. Hört sich das hart und zynisch an?«

»Ja.«

»Das kommt wahrscheinlich daher, weil ich nicht zart besaitet bin.«

»Sie sehen aber weich und sentimental aus«, entschlüpfte es Hawes.

»Schon wieder beim Sex angelangt?«

»Richtig. Holen Sie mir jetzt bitte das Scheckheft und sein Adressenbuch, ja?«

»Sicher«, antwortete sie, stand auf und ging hinaus. An der Tür drehte sie sich um und sagte: »Vielleicht werde ich auch bitterlich weinen. Ich liebte Sy.«

»Gut.«

»Und ich nehme an, daß Männer immer Annäherungsversuche machen. Ich glaube, das ist die Natur des Tieres in ihnen.«

»Da können Sie recht haben«, erwiderte Hawes.

»Ich hätte Sie nicht herausfordern dürfen.«

»Vielleicht habe ich was falsch gemacht?«

»Vielleicht auch nicht.«

Hawes blickte ihr für Sekunden in die Augen. »Miss O'Hara«, sagte er, »ich hatte noch nie das Vergnügen, mit einer Rothaarigen auszugehen.«

»Nein?«

»Nein. Ich habe um halb sieben Schluß. Glauben Sie, wir könnten zusammen zu Abend essen gehen?«

»Um noch mehr über Sy und seine Bekanntschaften herauszukriegen?«

»Nein, um mehr über Sie zu erfahren.«

»Ich habe einen sehr gesegneten Appetit. Es wird nicht billig werden.«

Hawes lächelte. »Ich hab' mir heut' als Installateur ein paar Dollar nebenbei verdient.«

»Das sieht Ihnen ähnlich.«

»Könnten Sie bis halb acht umgezogen sein?«

»Können schon«, antwortete sie. »Die Frage ist, ob ich will?«

»Wollen Sie?«

»Ja.« Sie schwieg. »Aber erwarten Sie nicht . . .«

»Nein, ganz bestimmt nicht.«

»Okay.«

Sie verließ das Zimmer und holte die Sachen, die er haben wollte.

Am Abend aßen sie zusammen im besten Restaurant. Nancy O'Hara war eine angenehme Frau, und Cotton Hawes verliebte sich hoffnungslos in sie. Genauso hoffnungslos würde er sie morgen wieder vergessen haben, aber im Augenblick war sie die einzige Frau im Universum.

Das Essen war vorzüglich. Sie lachten und tranken. Sie besuchten eine Nachtvorstellung. Anschließend gab es in Nancys Wohnung noch einen Abschiedsschluck.

Dann gingen sie ins Bett.

4

Das Konto war im Oktober mit einer Einzahlung von einundzwanzigtausend Dollar errichtet worden. Im Januar wurden neuntausend Dollar eingezahlt und im April weitere fünfzehntausend Dollar. Die Zinsen, die bis inklusive April für das Bankguthaben angefallen waren, betrugen hundertsiebenundachtzig Dollar fünfzig.

Kramer hatte seit der Eröffnung des Kontos keine einzige Abhebung vorgenommen.

Das zweite Scheckheft diente offenbar seinen laufenden Ausgaben. Es gab ständig neue Einzahlungen und Abhebungen. Die Einzahlungen erfolgten gewöhnlich um Ultimo und bestanden aus drei gleichlautenden Summen: fünfhundert Dollar, dreihundert Dollar und eintausendeinhundert Dollar.

Die Abhebungen waren unterschiedlich, wahrscheinlich, um Rechnungen zu bezahlen, und für das Bargeld, das gebraucht wurde.

Es schien, als wäre das zweite Konto Kramers stille Reserve. Um seine täglichen Bedürfnisse zu befriedigen, hatten ihm monatlich neunzehnhundert Dollar zur Verfügung gestanden.

Am Morgen des 1. Juli bekam Kramers Bank zwei Schecks, die seinem Konto gutgeschrieben werden sollten. Offenbar waren diese Schecks zusammen mit einem Gutschriftenauftrag am gleichen Tag zur Post gebracht worden, an dem Kramer abends ermordet wurde. Sie waren erst Freitag bei der Bank angekommen und übers Wochenende unbearbeitet liegengeblieben. Demzufolge waren sie auch am Montag immer noch nicht gutgeschrieben.

Beide Schecks waren Barschecks, einer über fünfhundert Dollar, einer über dreihundert.

Einer war von einer Lucy Mencken unterzeichnet, der andere von einem Mann, der Edward Schlesser hieß. Die Schecks waren von Kramer giriert und zur Gutschrift auf seinem Konto angewiesen worden.

Lucy Mencken tat ihr möglichstes, um nicht aufreizend auszusehen. Es schien ihr nicht zu gelingen. Sie trug ein weites doppelreihiges Kostüm und Schuhe mit flachen Absätzen. Ihr langes braunes Haar hatte sie zu einem Knoten zusammengesteckt. Sie versuchte, den Eindruck einer ruhigen Vorstadt-Matrone zu erwecken. Aber es war unmöglich.

Steve Carella war zufällig mit einer aufreizenden Frau verheiratet. Er wußte über Sex genau Bescheid. Er wußte auch, daß seine Frau Teddy verdammt gut aussah, und nahm sie als Vorbild. Keine Frau der Welt konnte ihn täuschen. Am allerwenigsten konnte man vor ihm weiblichen Charme und die gewisse Ausstrahlung durch ein Sackkleid oder flache Schuhe verbergen.

Auf der Terrasse des Anwesens in einem Vorort, von der aus man den Swimmingpool sehen konnte, saß Carella Lucy Mencken gegenüber und wunderte sich, weshalb sie wohl flache Schuhe trug.

In den Bäumen raschelte ein leichter Wind. Es war eigentlich kühl für Juli.

Er saß und beobachtete die Frau, wie sie Gin mit Tonic nippte. Sie hielt das Glas völlig ruhig und sicher, wie jemand, der mit seiner Umgebung zufrieden ist und sich an Luxus gewöhnt hat. Dieser Luxus beunruhigte Carella ein wenig. Er fühlte sich wie ein Mann, den man gebeten hatte vorbeizukommen und einen Kostenvoranschlag für die Pflege der Bäume zu machen.

Die Tatsache, daß sie verführerisch war, störte ihn auch. Sie bewegte sich völlig nonchalant, aber die Kleidung, die sie trug, unterstrich die reife Fülle ihres Körpers eher, als sie sie verdeckte. Unwillkürlich kam ihm in den Sinn, wie wohl ein Junggeselle mit Lucy Mencken fertig werden würde. Er dachte zum Beispiel darüber nach, was passiert wäre, wenn er zu Erward Schlesser gegangen wäre und Cotton Hawes Lucy Mencken aufgesucht hätte. Nach dem, was Hawes ihm über Nancy O'Hara erzählt hatte, mußte sie sehr hübsch sein. Und jetzt Lucy Mencken. Komisch, dachte er, gleich zwei Schönheiten in einem Fall.

Blitzartig ging ihm durch den Kopf, wie es wohl als Junggeselle wäre. Glücklich dankte er seinem Schöpfer, daß er nicht mehr frei war.

»In welcher Beziehung standen Sie zu Sy Kramer, Mrs. Mencken?« begann er.

Lucy Mencken nippte an ihrem Drink. »Ich kenne niemanden, der so heißt«, antwortete sie.

Vom Swimmingpool drang Lachen und Kreischen herüber.

»Also gut, dann eben Seymour Kramer.«

»Ich kenne auch keinen Seymour Kramer.«

»Ich verstehe«, meinte Carella. »Wußten Sie, daß er tot ist?«

»Woher soll ich das wissen?«

»Es stand in der Zeitung.«

»Ich lese kaum Zeitung. Nur wenn etwas meine Familie betrifft.«

»Gibt Ihre Familie denn oft Anlaß zu Schlagzeilen?«

»Mein Mann ist Politiker«, antwortete Mrs. Mencken. »Im Herbst wird er als Senator kandidieren. Sein Name erscheint öfter in verschiedenen Blättern.«

»Wie lange sind Sie schon verheiratet, Mrs. Mencken?«

»Zwölf Jahre.«

»Und wie alt sind Ihre Kinder?«

»Davey ist zehn, Greta acht.«

»Was haben Sie vor Ihrer Ehe gemacht?«

»Ich war Fotomodell«, sagte sie.

»Für die Haute Couture?«

»Ja.«

»Vogue, Harper's Bazar und so?«

»Ja.«

»Arbeiten Sie heute noch in diesem Beruf, Mrs. Mencken?«

»Nein. Ich habe gleich nach meiner Hochzeit damit aufgehört. Frau und Mutter zu sein, ist Karriere genug für mich.«

»Wie hießen Sie mit Mädchennamen?«

»Lucy Mitchell.«

»War das auch der Name, den Sie als Modell benutzten?«

»Nein. Ich nannte mich Lucy Starr Mitchell.«

»Ungefähr vor zwölf Jahren, stimmt das?«

»Ja, zwölf, dreizehn Jahre ist es her.«

»Haben Sie damals Sy Kramer kennengelernt?« fragte Carella.

Mrs. Mencken zuckte nicht mit der Wimper. »Ich kenne keinen Sy Kramer.«

»Mrs. Mencken«, begann Carella freundlich, »Sie haben ihm am 24. Juni einen Scheck geschickt, und zwar über fünfhundert Dollar.«

»Das muß ein Irrtum sein.«

»Der Scheck trägt Ihre Unterschrift.«

»Ich bin sicher, daß es auf der Welt noch mehr Frauen mit dem Namen Lucy Mencken gibt«, sagte sie.

»Sie haben doch ein Konto bei der Spar- und Darlehenskasse in Peabody oder nicht?«

»Ja.«

»Es gibt nur eine Lucy Mencken, die dort ihr Konto hat.«

»Wenn das der Fall ist, dann muß der Scheck gefälscht sein. Ich werde ihn sofort sperren lassen.«

»Die Bank hat Ihre Unterschrift aber schon bestätigt, Mrs. Mencken.«

»Deswegen kann er trotzdem gefälscht sein. Das ist jedenfalls die einzige Erklärung, die ich habe. Ich kenne niemand, der Sy oder Seymour Kramer heißt. Ich kenne keinen Kramer.«

»Mrs. Mencken . . .«

»Nein, wirklich, Mr. Carella, ich bin Ihnen dankbar, daß Sie mich darauf aufmerksam gemacht haben.«

»Mrs. Mencken, Sy Kramer ist tot. Sie brauchen sich nicht mehr zu fürchten.«

»Weshalb sollte ich mich vor etwas fürchten?« fragte sie. »Mein Mann ist sehr einflußreich.«

»Ich weiß nicht, wovor Sie Angst hatten, aber Kramer ist tot. Sie können mir sagen . . .«

»Dann wird er den Scheck auch nicht vermissen, wenn ich ihn jetzt sperren lasse.«

»Womit hat er Sie erpreßt?«

»Wer?«

»Sy Kramer. Erpressung. Weshalb?«

»Ich weiß nicht, wovon Sie reden.«

»Sein Kontoauszug weist eine monatliche Zahlung von fünfhundert Dollar auf. Andere Eingänge selbstverständlich auch noch. Ihr Scheck war auf fünfhundert Dollar ausgestellt. Weshalb haben Sie Sy Kramer jeden Monat fünfhundert Dollar geschickt?«

»Ich weiß immer noch nicht, wovon Sie reden.«

»Darf ich mal Ihr Scheckheft sehen?«

»Ganz gewiß nicht.«

»Kann ich mir die Kontoauszüge ansehen?«

»Nein.«

»Ich kann mir einen Haussuchungsbefehl besorgen.«

»Das werden Sie dann wohl tun müssen, Mr. Carella. Mein Bankkonto ist meine Privatangelegenheit. Nicht einmal mein Mann verlangt von mir zu wissen, was ich ausgebe oder wofür.«

»Ich werde zurückkommen«, sagte Carella und stand auf.

»Glauben Sie wirklich, daß Sie etwas finden, wenn Sie zurückkommen, Mr. Carella?« fragte sie.

»Nein, wahrscheinlich nicht.« Er sah sie prüfend an. »Sie kleiden sich nicht wie ein ehemaliges Fotomodell, Mrs. Mencken.«

»Tatsächlich?«

»Nein.«

»Das Kostüm hat dreihundertundfünfzig Dollar gekostet, Mr. Carella.«

»Das ist eine Menge Geld, nur um sich zu verstecken.«

»Verstecken?«

»Mrs. Mencken, ein Mann ist ermordet worden. Er war zwar nicht das, was man einen ehrbaren Bürger nennt, aber immerhin war es Mord. Und wir versuchen, den Mörder zu finden. Ich wünschte, Sie hätten mir geholfen. Aber wir werden es auch ohne Sie herausbekommen. Glauben Sie nur nicht, daß das Scheckheft, das Sie mir nicht zeigen wollen, oder die Tarnung mit diesem Sackkleid etwas daran ändern.«

»Mr. Carella, Sie sind impertinent.«

»Verzeihung.«

Lucy Mencken erhob sich und bewegte sich in dem formlosen Kostüm mit geschmeidiger Eleganz. »Die Kinder sind allein im Schwimmbassin«, sagte sie. »Wollten Sie nicht gehen, Mr. Carella?«

»Ja, ich war im Begriff«, antwortete Carella müde. »Aber ich werde wiederkommen.«

Der Scheck lag zwischen ihnen auf dem Schreibtisch. Auf der Milchglasscheibe der Eingangstür stand in dunklen Buchstaben SCHLESSER'S LIMONADEN. Der Mann hinter dem Schreibtisch war Edward Schlesser. Ein Mann Anfang Fünfzig, mit einem dunkelblauen Anzug und einer gelben Weste. Er trug eine dunkle Hornbrille. Hinter den Gläsern blickten seine blauen Augen forschend auf den Scheck.

»Ist das Ihr Scheck, Mr. Schlesser?« fragte Cotton Hawes.

Schlesser seufzte. »Ja«, antwortete er.

»Haben Sie ihn an Sy Kramer geschickt?«

»Ja.«

»Warum?«

»Was spielt das noch für eine Rolle? Er ist tot.«

»Deshalb bin ich ja hier«, sagte Hawes.

»Es ist jetzt vorbei«, sagte Schlesser. »Sind Sie wie ein Priester? Oder ein Arzt? Wird das, was ich Ihnen sage, vertraulich bleiben?«

»Sicher. Wir haben kein Interesse, irgend etwas an die große Glocke zu hängen.«

»Woher weiß ich, daß ich Ihnen vertrauen kann?«

»Das wissen Sie nicht. Vertrauten Sie Seymour Kramer?«

»Nein«, erwiderte Schlesser. »Sonst hätte ich ihm ja kein Geld geschickt, nicht wahr?«

»Das war nicht der erste Scheck?«

»Nein, ich ...« Schlesser brach ab. »Wem werden Sie es erzählen?«

»Zwei Leuten. Meinem Kollegen, der den Fall mit mir zusammen bearbeitet, und unserem unmittelbaren Vorgesetzten.«

Wieder seufzte Schlesser. »Ich werde es Ihnen erzählen«, meinte er.

»Ich höre, Sir.«

»Dieses Geschäft gehört mir«, begann Schlesser. »Es ist noch nicht groß, aber es ist im Kommen. Ich habe eine starke Konkurrenz, das wissen Sie. Es ist sehr schwer, mit den großen Konzernen Schritt zu halten. Ich habe etwas Geld auf der Bank und ein nettes Haus in Connecticut. Wir machen Limonaden. Unsere Orangeade ist besonders gut. Mögen Sie Orangeade?«

»Ja.«

»Ich werde Ihnen ein paar Flaschen mitgeben, wenn Sie gehen. Wenn sie Ihnen schmeckt, erzählen Sie's Ihren Freunden weiter.«

»Danke«, sagte Hawes. »Also, was war mit Kramer?«

»Uns ist vor einiger Zeit ein Malheur passiert, in der Abfüllkellerei. Nichts Ernsthaftes, aber so eine Sache, die, wenn sie publik wird ... Wir sind ein kleines Unternehmen. Wir fangen erst an, uns einen Namen zu machen. Die Leute beginnen gerade, sich unsere Flaschen und den Namen Schlesser zu merken. Und so eine Geschichte ...«

»Was ist passiert?«

»Irgendwie – fragen Sie mich bloß nicht, wie – geschah eine Panne. In eine Flasche wurde eine Maus mit eingefüllt.«

»Eine Maus!« rief Hawes ungläubig aus.

»Ja, ein winzig kleines Ding«, antwortete Schlesser und nickte. »Eine Feldmaus. Unsere Abfüllkellerei ist auf dem Lande. Irgendwie ist die Maus hineingekommen und wurde auch bei der Kontrolle übersehen. Kurz und gut, die Flasche landete bei einem Einzelhändler. Wenn ich mich recht erinnere, war es Limonade mit Waldmeistergeschmack.«

Hawes wollte lächeln, aber es schien, als wäre es für Schlesser eine todernste Angelegenheit.

»Irgend jemand hat die Flasche gekauft. Es war noch dazu eine Familienflasche, wissen Sie, die großen, die wir abfüllen. Der Mann, der sie gekauft hatte, behauptete, er habe davon getrunken und wäre sehr krank geworden. Er drohte, die Gesellschaft zu verklagen.«

»Auf wieviel?«

»Auf hundertfünfundzwanzigtausend Dollar.«

Hawes pfiff durch die Zähne. »Hat er gewonnen?«

»Der Fall ist nie vor Gericht gekommen. Wir einigten uns außergerichtlich auf fünfundzwanzigtausend Dollar. Ich war froh, daß die Sache so abging. Kein Sterbenswörtchen in der Presse. Das hätte mich ruinieren können. Die Leute vergessen solche Dinge nicht. Eine Maus in einer Limonadenflasche! Mein Gott, das kann einen ruinieren!«

»Erzählen Sie weiter«, bat Hawes.

»Ungefähr einen Monat, nachdem ich die Sache geregelt hatte, erhielt ich einen Anruf von einem Mann, der behauptete, er wüßte über alles Bescheid.«

»Kramer?«

»Ja. Er drohte mir, ein gewisses Schreiben an die Presse zu leiten, wenn ich ihm kein Geld geben würde.«

»Was für ein Schreiben?«

»Den Originalbrief des Anwalts, den sich der Mann genommen hatte, der die Maus in seiner Flasche fand. Der Brief beinhaltete den ganzen Vorgang.«

»Wie ist Kramer an dieses Schreiben gekommen?«

»Keine Ahnung. Ich habe meine Akten durchgesehen, und dieser Brief war verschwunden. Er wollte dreitausend Dollar für den Brief.«

»Und die haben Sie bezahlt?«

»Ich mußte doch. Ich hatte schon fünfundzwanzigtausend Dollar gezahlt, um die Sache totzuschweigen. Noch drei dazu würden mich nicht umbringen. Ich dachte, damit wäre Schluß, aber da hatte ich mich geirrt. Kramer hatte Fotokopien von dem Brief angefertigt und verlangte weitere dreihundert pro Monat. Jedesmal, wenn er einen Scheck von mir bekam, erhielt ich eine Fotokopie. Ich glaubte, daß er früher oder später die Fotokopien verbraucht hätte. Na, jetzt ist es ja egal, jetzt ist er tot.«

»Vielleicht hatte er Freunde«, sagte Hawes.

»Wie meinen Sie das?«

»Einen Partner, einen Komplicen, jemand, der das Geschäft übernimmt, wenn der andere aussteigt.«

»In dem Fall muß ich eben weiterzahlen. Es sind dreitausendsechshundert im Jahr. So viel ist das auch nicht. Sehen Sie, ich werbe jährlich für sechzigtausend Dollar. Das wäre alles hinausgeworfenes Geld, wenn der Brief an die Presse kommt. Dreitausendsechshundert mehr oder weniger im Jahr ruinieren mich nicht. Wenn Kramer einen Komplicen hatte, werde ich weiterzahlen.«

»Wo waren Sie am Abend des 26. Juni, Mr. Schlesser?«

»Was heißt das? Meinen Sie den Tag, an dem Kramer getötet wurde?«

»Ja.«

Schlesser begann zu lachen. »Das ist doch absurd. Glauben Sie wirklich, ich würde für dreihundert Dollar monatlich einen Mann töten? Für dreihundert lausige Dollar?«

»Angenommen, Mr. Schlesser«, meinte Hawes, »Kramer hatte beschlossen, diesen Brief zu veröffentlichen, egal, wieviel Sie ihm bezahlten? Einfach nur so. Was dann?«

Darauf hatte Schlesser keine Antwort.

»Also, Mr. Schlesser, wo waren Sie am 26. Juni?«

5

Der Name des Fotografen war Ted Boone.

Sein Atelier lag in der vornehmen Hall Avenue, und er kannte die Männer des 87. Polizeireviers, weil sie vor einiger Zeit den Mord an seiner geschiedenen Frau aufgeklärt hatten.

Der Anruf, den Boone erhielt, kam von Bert Kling, denn er kannte ihn am besten. Und Kling bat ihn um einen Gefallen.

»Es tut mir leid, wenn ich Sie störe«, sagte er, »denn ich weiß, daß Sie viel zu tun haben.«

»Hat es was mit dem Fall zu tun?« fragte Boone.

»Nein, nein«, antwortete Kling. »Der ist abgeschlossen, jedenfalls bis zur Verhandlung.«

»Wann wird die sein?«

»Ich glaube, sie ist für August angesetzt.«

»Werde ich auch vorgeladen?«

»Ich weiß nicht, Mr. Boone. Das ist eine Sache, die der District Attorney entscheidet.« Er machte eine Pause und dachte an Boones Tochter. »Wie geht's Monica?« fragte er.

»Sehr gut, danke. Sie wird noch in diesem Monat zu mir ziehen.«

»Grüßen Sie sie herzlich von mir, ja?«

»Gern, Mr. Kling.«

Es entstand eine lange Pause.

»Der Grund, weshalb ich anrufe ...«, sagte Kling nach einer Weile.

»Ja?«

»Wir arbeiten an einem anderen Fall, und ich dachte, daß Sie uns vielleicht helfen könnten. Sie machen viele Modefotos, nicht wahr?«

»Ja.«

»Hatten Sie je ein Modell, das Lucy Starr Mitchell hieß?«

»Lucy Starr Mitchell?« Boone überlegte einen Moment. »Nein, ich glaube nicht. Bei welcher Agentur ist sie?«

»Weiß ich nicht.«

»Ist sie im Augenblick gut im Geschäft?«

»Wie meinen Sie das?«

»Nun, Fotomodelle haben gute und schlechte Zeiten. Eine Zeitlang sind sie dick drin, dann wieder nicht. Ihre Gesichter werden zu bekannt. Die Leute fangen an zu sagen, ›Schau, da ist wieder diese tolle Rothaarige‹, anstatt ›Oh, ist das ein hübsches Kleid‹. Verstehen Sie, was ich meine? Das Fotomodell fängt nach einiger Zeit an, statt die Sachen sich selber zu verkaufen.«

»Ich verstehe.«

»Aber der Name kommt mir nicht bekannt vor. Wenn sie jetzt im Geschäft wäre, würde ich mich erinnern. Ich fotografiere die meisten Mädchen, die gerade populär sind.«

»Ich glaube, daß sie vor zwölf oder dreizehn Jahren in der Branche war«, sagte Kling.

»Ach so. Dann kann ich sie nicht kennen. Ich bin selbst noch nicht so lange dabei.«

»Wie könnte ich etwas über sie herausbekommen. Mr. Boone?«

»Am besten rufen Sie die Agenturen an. Die haben Karteien, auch von den vergangenen Jahren. Wenn Sie wollen, werde ich auch herumhören. Ich habe Freunde, die schon viel länger als ich in der Branche sind. Wenn sie mit ihr gearbeitet haben, erinnern sie sich bestimmt.«

»Das wäre sehr nett von Ihnen.«

»Wie war noch mal Ihre Nummer?«

»Frederic 7-8024.«

»Okay. Ich werde mich darum kümmern.«

»Vielen Dank, Mr. Boone.«

»Keine Ursache«, sagte er und legte auf.

Den ganzen Nachmittag saß Bert Kling am Telefon. Er erfuhr nichts. Und als er endlich etwas erfuhr, war es negativ, zum Beispiel, daß keine der Agenturen je ein Mädchen beschäftigt hatte, das sich Lucy Starr Mitchell nannte.

Meyer Meyer machte sich nichts daraus, als Schatten jemandem nachlaufen zu müssen, besonders dann nicht, wenn es sich um jemand handelte, der auch von hinten so attraktiv aussah wie Lucy Mencken.

Am 2. Juli parkte Meyer seinen hellblauen Wagen vor dem Haus der Menckens. Um acht Uhr fünf verließ ein Mann das Anwesen, auf den die Beschreibung von Charles Mencken paßte. Um neun Uhr siebenunddreißig ging Lucy Mencken in die Garage und fuhr mit ihrem roten MG in Richtung der kleinen Stadt Peabody. Meyer folgte ihr.

Lucy Mencken ging zum Friseur. Meyer wartete draußen. Lucy Mencken ging ins Postamt. Und Meyer wartete wieder draußen. Sie ging in ein kleines, altmodisches Restaurant zum Mittagessen. Meyer wartete draußen.

Um ein Uhr vier verschwand sie in einem Modegeschäft.

Gegen zwei Uhr fünfzehn begann Meyer die fürchterliche Wahrheit zu vermuten. Er kletterte aus seinem Wagen, ging in das Geschäft und kam durch die Hintertür wieder heraus. Wie er befürchtet hatte, gab es einen zweiten Ausgang. Durch Zufall oder mit Absicht hatte Lucy Mencken es verstanden, ihren Schatten abzuschütteln.

Meyer fuhr zurück zum Haus der Menckens. Er konnte sehen, daß der rote MG noch nicht wieder in der Garage stand. Er seufzte tief, lehnte sich zurück, um zu warten, bis sie zurückkam.

Sie erschien nicht vor sechs Uhr fünfzehn.

Meyer kaufte sich ein Abendessen und rief dann Captain Byrnes an. Verdrossen gab er zu, daß ihn eine Hausfrau aus der Vorstadt für genau fünf Stunden und elf Minuten abschütteln konnte. Geduldig hörte der Captain zu, dann sagte er: »Na schön. Bleib noch dort. Sie wird jetzt wahrscheinlich nicht mehr aus dem Hause gehen. In jedem Fall wird Willis dich bald ablösen. Was glaubst du, was sie in den fünf Stunden getan hat?«

»Sie hätte alles mögliche machen können«, sagte Meyer kläglich.

»Nimm es nicht so schwer«, tröstete ihn Byrnes. »Aus Peabody ist bis jetzt noch kein Mord gemeldet worden.«

Meyer lächelte und meinte: »Ich werde also auf Willis warten.«

»Er wird bald da sein«, antwortete Byrnes und legte auf.

Meyer trottete zu seinem Wagen zurück, um Nachtwache zu halten. Ungefähr gegen neun Uhr dreißig löste ihn Willis ab. Meyer ging nach Hause in sein Bett. Seine Frau Sarah wollte wissen, weshalb er so niedergeschlagen aussah.

»Ich bin ein Versager«, jammerte er. »Erst siebenunddreißig Jahre alt und schon ein Versager.«

»Schlaf«, sagte Sarah. Und Meyer rollte sich in seine Decke. Nicht eine Sekunde hätte er vermutet, daß er selbst den ganzen Nachmittag über verfolgt worden war, oder gar, daß er selbst seinen Schatten zum Haus der Menckens geführt hatte.

Es war Mittwochmorgen, der 3. Juli.

Eine Woche war vergangen, seit Sy Kramer aus einem Auto erschossen wurde. Die Polizei hatte in dieser Woche nicht viel Neues erfahren. Sie wußte jetzt, woher die monatlichen Zahlungen von dreihundert und fünfhundert Dollar stammten. Wo die eintausendeinhundert Dollar herkamen, hatte sie noch nicht herausgefunden. Wahrscheinlich würde sie es auch nie erfahren.

Auch über die Herkunft der großen Beträge, die auf das andere Konto eingezahlt worden waren, wußte die Polizei noch nichts.

Eine Nachforschung über Kramers Lebensgewohnheiten ergab, daß sein Geschmack teuer war, weiß Gott. Seine Anzüge waren alle Maßarbeit. Auch seine Oberhemden, jedenfalls die, die nicht importiert waren. Seine Wohnung war durch einen hochbezahlten Innenarchitekten eingerichtet worden. Sein Whisky war der beste und teuerste. Er besaß zwei Autos, einen Cadillac und einen großen, schweren Kombiwagen. Diese Anschaffungen waren ziemlich neu und stellten einen rätselhaften Aspekt in der ganzen Affäre dar.

Die monatlichen Einzahlungen auf Kramers Konto betrugen eintausendneunhundert Dollar. Die Abhebungen glichen sich ungefähr diesem Betrag an. Kramer lebte auf großem Fuß und verbrauchte wöchentlich annähernd fünfhundert Dollar.

Aber die 45 187 Dollar 50 auf seinem zweiten Konto waren nicht angerührt worden. Also wie hatte er es dann fertiggebracht, sich zwei Autos zu kaufen, das Mobiliar und den Innenarchitekten zu bezahlen, und wie konnte er sich einen Schrank voll Maßanzüge und alles, was dazugehört, leisten?

Wie kaufte man Dinge ohne Geld?

Das kann man nicht.

Der Cadillac-Vertragshändler, bei dem Kramer den Wagen erstanden hatte, berichtete, daß das Auto in der zweiten Septemberhälfte des vergangenen Jahres gekauft und bar bezahlt worden war. Der Buick-Kombi war am gleichen Tag in Isola gekauft worden. Auch hier hatte Kramer das Geld auf den Tisch des Hauses gelegt.

Die Wohnung hatte er im September gemietet. Möbel und Innenarchitekt wurden bar bezahlt. Die Gesamtrechnung hierfür hatte dreiundzwanzigtausendachthundert Dollar ausgemacht. Seine Anzüge waren im September bestellt und im Oktober geliefert worden. Sie hatten ihn zweitausend Dollar gekostet, und er hatte auch sie mit der schönen amerikanischen Währung beglichen.

Kurz gesagt, Kramer hatte in weniger als einem Monat sechsunddreißigtausend Dollar unter die Leute gebracht, hatte sich außerdem eine wunderschöne Geliebte angeschafft, die Nancy O'Hara hieß, und am 23. Oktober mit einundzwanzigtausend Dollar ein Konto eröffnet.

Von wem stammte dieses Geld?

Und woher kamen die 21 000 im Oktober, die 9000 im Januar und die 15 000 im April? Und waren diese 15 000 tatsächlich die letzten, oder waren noch andere Zahlungen unterwegs? Wer hatte bis jetzt den horrenden Betrag von 81 000 Dollar ausgespuckt?

Wäre diese Summe nicht ein ausreichendes Motiv für einen Mord? Die Leiche Sy Kramers im Leichenschauhaus schien zu bezeugen, daß das tatsächlich hinreichend Grund gewesen wäre.

Der 4. Juli kam heran. Der Tag, an dem Amerika seine Unabhängigkeit feiert.

Manche der Polizisten des 87. Reviers hatten dienstfrei. Einige waren im Büro. Es gab genug zu tun. In Zusammenarbeit mit den uniformierten Beamten versuchten sie, die Ordnung und Sicherheit an diesem Tag aufrechtzuerhalten. Es gelang ihnen nicht. Obwohl das Abbrennen von Feuerwerkskörpern in der Stadt verboten war, standen alle Einwohner von sechs bis sechzig bereit, das Streichholz an die Lunte zu halten.

Ein Junge in der 30th Street verlor ein Auge, als ein anderer einen Schwärmer in sein Gesicht warf.

Auf der Culver Avenue standen zwei Jungen auf einem Dach und ließen Raketen hochgehen. Einer von ihnen fiel herunter. Er war auf der Stelle tot.

Es war nicht außergewöhnlich heiß an diesem 4. Juli. Es hatte schon heißere gegeben. Dafür gab es um so mehr Lärm.

Der Krach war ein ausgezeichneter Schutz für solche, die einen Revolver abfeuern wollten. Man kann einen explodierenden Feuerwerkskörper nicht von einem Revolverschuß unterscheiden.

Die Polizei hatte alle Hände voll zu tun, die Jugendlichen zu beobachten und Taschendiebe dingfest zu machen, die die Aufregung des Feiertages für ihre schmutzige Arbeit auszunutzen versuchten.

Die Polizei mußte auch ein Auge auf die vielen Matrosen richten, die in die Stadt schwärmten, um etwas zu erleben, und statt dessen mit einem blauen Auge zum Hafen zurückschlichen. Die Polizei mußte auch auf die Twens und Teenager aufpassen. Jetzt in den Ferien, wo sie Zeit genug hatten, wo die Asphaltstraßen und Betonmauern ihnen zu eng wurden, wollten sie sich austoben. Genau wie die Erwachsenen. Sie rannten durch die Straßen, durch den Grover Park, ausgelassen und übermütig vor Tatendrang.

Ja, die Polizei hatte alle Hände voll zu tun. Und die Männer waren stocksauer, weil sie am Feiertag arbeiten mußten.

6

Hal Willis war erst Detektiv-Anwärter. Er verdiente fünftausendzweihundertdreißig Dollar pro Jahr. Diesen Betrag verdiente er, ob er nun im Dienst angeschossen wurde oder im Revier herumsaß und einen Bericht in dreifacher Ausfertigung tippte. Er verdiente dieses Gehalt auch, wenn er eine Frau beschatten mußte, die versuchte, ihre Kurven unter einem Kartoffelsack zu verbergen.

Der Sack macht es erst interessant, dachte er. Wie eine Strip-tease-Tänzerin, die sich nie auszieht.

Ich werde krank. Strip-tease-Tänzerinnen, die sich nie ausziehen, gibt es nicht.

Jedenfalls machte es Hal Willis nichts aus, Lucy Mencken zu beschatten. Es war bis jetzt leichte Arbeit gewesen, und er konnte sich einfach nicht vorstellen, wie diese Hausfrau es fertiggebracht hatte, Meyer abzuschütteln. Meyer wird alt, dachte er. Wir müssen ihn vom Außendienst entbinden. Er muß drinnen sitzen. Meyer wird der Altvater einer stolzen Linie gesetzverfechtender Armeen werden. Später wird man ihm im Grover Park ein Denkmal errichten. Die eingemeißelten Buchstaben auf dem Sockel werden lauten: ALTVATER MEYER MEYER.

Krank, dachte Willis. Ich bin wirklich krank.

Er war ein kleiner Mann, kaum daß er die Mindestgröße von einem Meter siebzig, die für Polizisten vorgeschrieben ist, erreicht hatte. Zwischen seinen baumlangen Kollegen wirkte er wie ein Zwerg. Trotzdem wurde er von den Bullen, mit denen er zusammenarbeitete, für voll genommen, und es gab nicht viele Männer im Revier, die sich mit Willis angelegt hätten. Er war nämlich ein Judoexperte.

Hal Willis konnte, wenn Sie Ihrer Einbildung einen Moment gestatten abzuschweifen, einen Elefanten greifen und ihn innerhalb von Sekunden durch die Luft segeln lassen. Das Vieh würde mit Sicherheit auf dem Rücken landen und eine Rückgratverletzung davontragen. Ja, so war Hal Willis: klein, aber oho.

Um es noch genauer zu zeigen: Willis hatte während seiner Laufbahn Diebe entwaffnet, es mit drei Schlägern auf einmal aufgenommen, die dumme, aber weitverbreitete Meinung, kleine Männer müßten Schwächlinge sein, ad absurdum geführt und kräftige Männer auf den Hintern geworfen, daß es krachte. Er hatte harte Gangster, die keine Ahnung hatten, wie leicht ein Knochen brechen kann, aus dem Konzept gebracht, und er hatte entdeckt, daß Judo, diese feine, saubere Kunst, auch eine Lebensart sein konnte. Gewicht und Balance, das war das Geheimnis. Stützpunkt und Hebel. Warte auf die richtige Gelegenheit, ergreife sie, und du kannst die Welt aufs Kreuz legen.

Lucy Mencken lag nicht auf dem Kreuz, jedenfalls im Augenblick nicht, obgleich der Gedanke daran, um ganz ehrlich zu sein, Willis schon oft durch den Kopf gegangen war.

Er war von Meyer und auch von Carella gewarnt worden, daß Mrs. Mencken eine gefährliche Sexbombe sei. Beide, Meyer wie Carella, waren ehrenwerte, verheiratete Männer, die sehr selten, wenn überhaupt jemals, unzüchtige, wollüstige oder gar obszöne Gedanken hatten. Wenn die zwei es für richtig hielten, Willis darauf aufmerksam zu machen, daß er die Gedanken nur auf seine Arbeit konzentrieren solle, dann mußte diese Mencken tatsächlich hochexplosiv sein.

Zuerst war Willis über die Frau, die in Peabody aus ihrem Haus kam, enttäuscht gewesen. Sie sah eher wie eine etwas schlampige Bibliothekarin aus. Erst nachdem er ihr eine Weile gefolgt war, verstand er die Warnungen seiner Kollegen. Es war ganz verflixt aufregend und schön obendrein, wenn man es genau nahm. Sie trug zwar ein Kostüm, das von einem Zeltfabrikanten hergestellt sein mochte. Aber unter diesem Zelt ließ sich allerlei erahnen. Noch deutlicher wurde es, wenn sie beispielsweise aus dem Auto stieg und der Stoff sich eng um ihre Schenkel spannte. Oder gar, wenn sie sich bückte, um etwas aufzuheben! Ja, Lucy Mencken war sexy, ganz gleich, was sie anzog. Und Willis hatte überhaupt nichts dagegen, sie beschatten zu müssen. Es war nur etwas schwierig, sich nur auf die Arbeit zu konzentrieren.

Am 5. Juli führte ihn sein Auftrag zum Bahnhof von Peabody. Das hatte Willis nicht erwartet. Hastig parkte er seinen Polizeiwagen neben Lucys rotem MG und folgte ihr in den Warteraum. Er hoffte, so rechtzeitig zum Schalter zu kommen, daß er noch hören konnte, wohin sie fuhr. Aber als er hereinkam, hatte sie ihre Fahrkarte schon. Er wußte also nicht, ob sie in nördlicher oder südlicher Richtung fahren würde.

Die südliche Richtung endete in der City. Nördlich könnte sie den nächsten Staat erreichen und noch weiter fahren. Was wußte er denn? Sie konnte nach Kanada reisen, zum Nordpol, um geschmuggelten Whisky an die Eskimos zu verkaufen.

Willis zuckte die Achseln, schlenderte zum Zeitungskiosk und kaufte sich eine Zeitschrift. Dahinter verborgen, beobachtete er Lucy Mencken.

Er war erstaunt über die Anzahl Männer, die sie durch ihren Sack von Kostüm täuschte. Man brauchte doch weiß Gott kein Detektiv zu sein, um zu sehen, was sich unter diesem Leinensack verbarg! Auch die anderen müßten doch die Sinnlichkeit in ihrem Gesicht bemerken, selbst mit dieser komischen Frisur und ohne Make-up. Trotzdem drehte sich kein einziger Mann im Wartesaal nach ihr um. Sogar, als sie sich setzte, die Beine übereinanderschlug und für einen Moment ein Stückchen Schenkel sichtbar wurde, sah niemand hin.

Traurig schüttelte Willis den Kopf. Wir züchten eine Generation unaufmerksamer, impotenter Roboter heran, dachte er. Gott sei Dank, daß es noch Altvater Meyer Meyer gab!

Er konnte in der Ferne einen Zug herannahen hören. Lucy Mencken sah auf die Uhr und stand dann auf. Willis folgte ihr auf den Bahnsteig. Also sie wollte in die City. Oder stieg sie vielleicht vorher aus?

Der Zug fuhr ein. Dampfwolken stiegen auf. Ein Windstoß fing Lucys Rock. Sie trat zurück und hielt mit typisch weiblicher Manier ihren Rock zusammen. Dann stieg sie ein und ging sofort ins Raucherabteil. Willis folgte ihr und setzte sich ein paar Plätze hinter sie auf die andere Seite.

Als der Schaffner kam, kaufte er eine Hin- und Rückfahrkarte zur City. Dann machte er es sich bequem und las in seiner Zeitschrift. Ab und zu blickte er auf, um sich zu vergewissern, daß Lucy nicht etwa ausgestiegen oder weggegangen war.

Erst als der Zug die Stadt erreicht hatte, stieg sie aus.

Das ist ja phantastisch, dachte Willis. Wir schicken einen Schatten nach Peabody hinaus, und sie fährt mit ihm wieder zurück in die Stadt. Diese Weiber!

Es machte ihm überhaupt keinen Spaß, wieder in der City zu sein. Hier war es wesentlich heißer als in den Vororten. Er verwünschte sein Pech und blieb Lucy Mencken auf den Fersen.

Gleich vor dem Bahnhof nahm sie sich ein Taxi. Willis bestieg den Wagen hinter ihr. Er zeigte seine Marke und wies den Fahrer an, ihr zu folgen. Lucys Taxi schlängelte sich durch den Verkehr und fuhr in Richtung River Harb. Vor einem Bürogebäude in der Independence Avenue, im Zentrum von Isola, blieb es stehen. Willis bezahlte seinen Fahrer und betrat hinter ihr das Gebäude.

Er mußte durch die Halle rennen, um den gleichen Fahrstuhl wie sie zu erwischen.

Sie hatte kein Parfüm. Er stand nahe genug bei ihr, um das zu bemerken. Auch daß das strahlende Blau ihrer Augen von winzigen weißen Flecken durchbrochen war, konnte er sehen. Ihre Nase war voller Sommersprossen, und Willis überlegte, ob sie wohl vom Lande stammte.

»Achter Stock«, rief der Fahrstuhlführer.

Lucy trat vor. Willis ebenfalls. Die Türen öffneten sich. Lucy ging in den Korridor hinaus. Willis wartete, bis sie ausgestiegen war, dann folgte er ihr. Umständlich studierte er die einzelnen Nummern an den Türen, als würde er ein bestimmtes Büro suchen.

Lucy Mencken ging auf das Ende des Korridors zu, öffnete eine Milchglastür und ging hinein. Willis wartete eine Weile, dann ging auch er hin und las die Aufschrift an der Tür.

806 - Patrick Blier - Fotoagentur.

Er ging zum Fahrstuhl zurück, nahm seinen Notizblock heraus und notierte sich den Namen und die Nummer des Büros. Dann fuhr er hinunter in die Halle. Zuerst überzeugte er sich, daß das Gebäude nur einen Eingang hatte, dann rief er von einer Telefonzelle in der Halle, von der aus er beide Fahrstühle im Auge hatte, Frederic 7-8024 an.

»87. Polizeirevier, Sergeant Murchison.«

»Dave, hier ist Willis. Ist Hawes oben?«

»Bleib eine Sekunde dran, Hal, ich werd' nachsehen.«

Willis wartete.

»87. Polizeirevier, Detektiv Hawes«, meldete sich Hawes.

»Cotton, hier ist Hal.«

»Tag. Na, wie geht's dem Schatten?«

»Fein. Du solltest sie mal sehen.«

»Hübsch?«

»Ein Brillant, wenn man ihn erst einmal geschliffen hat.«

»Wo bist du?«

»In der Stadt.«

»Und sie?«

»Independence Avenue 1612. Das ist im Zentrum, gleich hinter dem Platz. Sie ist bei einer Fotoagentur auf Nummer 806. Der Mann heißt Patrick Blier. Soll ich hineingehen oder warten, bis sie rauskommt, und ihr folgen?«

»Bleib dort, Hal. Ruf mich an, wenn sie geht, dann fahre ich hin und besuche den Burschen.«

»Ich lasse beim Portier eine Nachricht für dich«, sagte Willis. »Ich werde keine Zeit haben, lange mit dir zu quatschen, wenn ich sie nicht verlieren will. Die hat nämlich einen ganz schönen Schritt am Leib.«

»Okay. Ich werde Dave bitten, mich sofort zu benachrichtigen, wenn er deinen Anruf hat. Bleib am Ball, Hal.«

»Nichts, was ich lieber täte«, meinte Willis.

»Du gemeiner Hund!«

»Wieso gemein? Ich bin ein Mann.«

»Ich auch«, schimpfte Hawes. »Also, ich warte auf deinen Anruf.«

Patrick Blier, der Manager, war ein glatzköpfiger Mann mit einer Hakennase. Auf den ersten Blick wirkte er wie ein großer, böser Geier. Er saß in dem kleinen Büro hinter seinem Schreibtisch. An den Wänden hingen Dutzende von Fotos hübscher Mädchen in verschiedenen Posen, angezogen und ausgezogen.

Ein Metallschild auf seinem Schreibtisch gab bekannt, daß er Mr. P. Blier war. Vielleicht befürchtete er, daß ihn jemand als Miss oder Mrs. ansprechen könnte. Um jeden weiteren Irrtum auszuschließen, trug Mr. Blier ein durchsichtiges Sporthemd mit kurzen

Ärmeln, und man sah, daß seine Brust mit dichtem schwarzem Haar bedeckt war. Auch an seinen Armen kräuselten sich die schwarzen Locken. Er schien überall behaart zu sein, nur nicht auf dem Schädel.

Patrick Blier schien diese Tatsache aber nichts auszumachen. Er hatte eine Glatze. Okay, hatte er eben eine Glatze, na wenn schon.

»Und was wünschen Sie?« fragte er Hawes, als dieser das Büro betrat.

»Hat Ihnen das Ihr Vorzimmermädchen nicht gesagt?«

»Nur, daß mich ein Detektiv zu sprechen wünscht. Sind Sie Privatdetektiv oder von der Polizei?«

»Polizei.«

»Ich habe viel mit Privatschnüfflern zu tun. Sie wollen, daß meine Klienten Fotos für ihre Scheidungsfälle schießen. Immer wieder muß ich erklären, daß es nicht zu meinem Geschäft gehört, Schlafzimmeraffären zu fotografieren. Privatdetektive sind ekelhaft. Haben die denn vor nichts Angst? Was wollen Sie?«

»Ein paar Antworten.«

»Worauf?«

»Auf viele Fragen.«

»Fangen Sie schon an. Ich bin beschäftigt. Termine bis hierher! Ich brauche ein größeres Büro. Die Telefone klingeln ununterbrochen. Tag und Nacht. Die Fotomodelle fallen mir auf die Nerven. Mein Gott, welch ein Saftladen! Was wollen Sie? Sprechen Sie, ich hab' zu tun.«

»Weshalb war Lucy Mencken hier?«

»Wer, zum Teufel, ist Lucy Mencken?«

»Sie war vor einer Weile bei Ihnen.«

»Sie spinnen ja. Lucy Men ... meinen Sie Mitchell? Sie meinen die Mitchell, ja?«

»Ja.«

»Wie, zum Teufel, kommen Sie dann auf Mencken? Sagen Sie schon, was Sie wollen. Ich hab' zu tun.«

»Weshalb war sie hier?«

»Warum? Hat sie was ausgefressen?«

»Nichts.«

»Weshalb sollte ich es Ihnen dann sagen?«

»Warum nicht?«

»Sagen Sie mir erst, was sie angestellt hat.«

»Blier, ich habe es nicht nötig, mit Ihnen zu feilschen. Ich habe eine Frage gestellt. Ich werde sie noch einmal wiederholen. Weshalb war sie hier? Was wollte sie?«

Blier betrachtete Hawes eine ganze Weile. Dann fragte er: »Glauben Sie, Sie können mir Angst einjagen?«

»Ja«, antwortete Hawes.

»Da haben Sie auch recht, wissen Sie das? Sie erschrecken mich zu Tode. Wo, zum Satan, haben Sie diese weiße Strähne her? Sie sehen wie ein Racheengel aus. Ich schwöre bei Gott, Sakrament, Ihnen würde ich nicht gern in einer dunklen Straße begegnen. Junge, Junge!«

»Weshalb war sie hier?«

»Sie wollte ein paar Fotos.«

»Was für Fotos?«

»Pin-ups.«

»Was wollte sie damit?«

»Wahrscheinlich in ihr Album kleben. Woher, zum Teufel, soll ich denn das wissen? Kümmert's mich, was die Weiber mit ihren Bildern machen? Was geht mich denn das an?«

»Es waren also Fotos von ihr?«

»Na klar. Was dachten Sie, von Marilyn Monroe?«

»Was für Fotos?«

»Hab' ich doch schon gesagt, Pin-ups.«

»Nackt?«

»Manche, auf anderen war sie fast nackt.«

»Wie nackt ist fast nackt?«

»Sehr. Genauso nackt, wie man sich ausziehen kann, ohne sich ganz auszuziehen. Eigentlich nackter als völlig unbekleidet, wenn Sie verstehen, was ich meine.«

»Wer hat die Fotos aufgenommen?«

»Einer meiner Klienten.«

»Weshalb?«

»Um sie zu verkaufen, was glauben Sie denn? Wir verkaufen an Männermagazine. Ich verkaufe auch andere Sachen, nicht nur Pin-ups. Denken Sie bloß nicht, daß ich nur mit nackten Weibern handele. Ich verkaufe auch Kunstwerke, das heißt, die Kunst besorgen meine Klienten.«

»Wie heißt der Mann, der Lucy Mitchell fotografiert hat?«

»Jason Poole. Er ist gut, was sag' ich, erste Klasse ist er. Das waren ausgezeichnete Fotos, obwohl sie schon vor einer ganzen Weile aufgenommen wurden.«

»Wie lange ist das her?«

»Zehn, vielleicht zwölf Jahre.«

»Wann?«

»Woher soll ich das wissen? Wer kann sich so weit zurückerinnern? Eines Tages kam sie ins Büro, ich dachte, ich hätte einen Geist gesehen.«

»Ich fürchte, ich kann Ihnen nicht ganz folgen, Blier. Wie wär's, wenn Sie mit dem Anfang beginnen?«

»Lieber Gott! Ich hab' doch zu tun. Ganz von Anfang an?«

»Jawohl«, antwortete Hawes. »Fangen Sie an. Ich habe nämlich auch zu tun. Ich muß einen Mord aufklären.«

»Mord?«

»Genau.«

»War sie's?«

»Erzählen Sie von Anfang an, Blier. Los!«

»Also ungefähr vor zehn, zwölf Jahren, vielleicht auch länger, lassen Sie mich überlegen ...« Er dachte einen Augenblick nach. »Der Krieg war gerade vorbei, wann war das?«

»1945.«

»Ja. Na, ist ja Wurst. Ich saß allein in meinem Büro. Damals hatte ich noch nicht mal eine Sekretärin. Ich war ganz allein. Und mein Büro! Wenn ich mir die Nase putzen wollte, mußte ich auf den Flur hinausgehen. So groß war es.«

Blier lachte über seinen eigenen Witz.

»Also«, fuhr er fort, »ich aß ein Brot. Salami auf Toast. Von Cohn. Köstlich, diese Salami! Herein kommt diese Puppe. Eine absolute Wucht! Wissen Sie, von der Sorte, mit der man einem auf 'ne einsame Insel bringen kann. Ich hätte kein Wasser gebraucht und nichts zu essen, so wahr mir Gott helfe. Nur dieses Mädchen, und ich wäre ein zufriedener Mann. So ein Schätzchen war sie.«

»Lucy Mitchell?«

»Na, wer denn sonst? Das Stroh hing noch in ihren Haaren, geradewegs vom Bauernhof angekommen. Oh, lieber Herr! Ich werde schwach. Diese großen blauen Augen! Diese Figur! Ihr Körper singt, er spielt Sonaten, wie ein ganzes Orchester mit Geigen. Gott, ich werde schwach. Sie sagt, sie will Modell stehen. Ich frage sie, haben Sie schon mal Modell gestanden. Nein, sie noch nie, aber sie will ihr Bild in die Zeitungen bringen. Pin-ups von ihr, und ich mache ein Vermögen, das habe ich sofort gerochen. Ich sehe schon im Geiste, wie sie die Kleiderschränke in den Kasernen von hier bis Tokio dekoriert! Sogar die japanischen Kasernen. Nicht mal den Feinden, diesen Hunden, konnte man so etwas vorenthalten.

Also ich schicke sie zu Jason Poole. Er schießt einen ganzen Film von ihr. Er konnte gar nicht mehr aufhören. Klick, klick, die ganze Nacht.«

»Weiter!« drängte Hawes.

»Na, er macht also diese unwahrscheinlichen Bilder von dieser noch unwahrscheinlicheren Puppe. Ich sehe immer noch ein Vermögen vor meinem geistigen Auge. Und was passiert?«

»Na, was denn?« erkundigte sich Hawes.

»Eine Woche drauf stand ich im Freien. Irgendeine schnoddrige Dame, nicht mal volljährig, verklagt mich, weil ich ohne ihre Erlaubnis Pin-ups verkauft hätte. Woher sollte ich denn wissen, wie alt sie ist? Ich hatte zwar die umwerfendsten Bilder von Lucy Mitchell, aber kein Büro und kein Geschäft mehr, nur, weil so eine doofe Ziege mich verklagt!«

»Was geschah mit den Fotos?«

»Weiß ich nicht. Sie landeten da und dort. Als ich mein neues Büro eröffnete, waren die Bilder weg. Ich habe sie auch nie irgendwo veröffentlich gesehen.«

»Wie viele Fotos waren das?«

»Ungefähr drei Dutzend.«

»Sexy?«

»Mister!« sagte Blier leise, aber vorwurfsvoll.

»Und heute wollte Lucy Mitchell diese Fotos abholen?«

»Ja. Sie hätten mich erschlagen können. Menschenskind, hat die sich verändert! Sieht aus, als käme sie gerade aus einem Kloster. Ich habe ihr gesagt, ich hätte ihre Fotos nicht. Da meinte sie, ich würde mit einem Sy Kramer zusammenmauscheln. Sy Kramer. Ich sage ihr, daß sie spinnt. Ich kenne ja gar keinen Kramer. Doch. Einen Kramer kenne ich. Dean Kramer, Redakteur bei einem Magazin. Dann wollte sie wissen, ob Dean Kramer mit ihrem Sy Kramer verwandt sei. Ich habe ihr gesagt, soviel ich weiß, könnte er genausogut mit einer Martha Kramer verwandt sein. Glaubt sie denn, ich bin ein Stammbuch?«

»Was sagte sie?«

»Sie wollte Kramers Namen und Adresse wissen. Ich gab sie ihr. Was ich nicht verstehe, ist das: warum will sie plötzlich nach all den Jahren ihre Fotos zurückhaben? Das kapiere ich einfach nicht.«

»Und Sie kennen wirklich niemand, der Sy Kramer heißt?«

»Was, fangen Sie jetzt auch noch damit an?«

»Ja oder nein?«

»Nein. Und ich glaube nicht mal, daß mit Dean Kramer viel los ist. Seit Bestehen des Blättchens konnte ich ihm erst sechs Bilder verkaufen. Er spinnt auch, wissen Sie. Er liebt literarische Pin-ups.«

»Was ist denn das?«

»Da muß 'ne Story dabeisein. Eine schöne Puppe allein reicht ihm nicht. Nein, er braucht noch eine Story. Er bildet sich ein, er könne auf diese Weise seine Leser zur Literatur erziehen. Er meint, dann sehen sie nicht auf das hübsche Mädchen, sondern lesen *Krieg und Frieden*«.

Er schnaufte verächtlich.

»Menschenskind«, fuhr er fort, »war das 'ne Pleite, als heute diese Mitchell hereinkam. Warum sie wohl so ein altes Zirkuszelt am Leibe trägt? Hat sie Angst, daß ihr jemand nachpfeifen könnte?«

»Vielleicht«, antwortete Hawes nachdenklich.

»Früher!« Blier schwieg, in Gedanken an die Vergangenheit versunken. Dann sagte er leise, fast andächtig: »Oh, Mister!«

7

Das Magazin hatte einen sehr zugkräftigen Namen.

Als Hawes in das Büro trat, erschien es ihm, als gäbe es keinen einzigen Kraftausdruck im Wörterbuch, der nicht schon mal auf dem Titel irgendeines Herren-Magazins gestanden hätte. Er überlegte, wann man anfangen würde, die Überschriften zu ändern. Vielleicht in

Feigling, das Magazin für dich und mich.

Penner, für Männer, denen es nichts ausmacht, oder

Er und er, das Magazin der Zweisamkeit.

Er mußte lächeln. Das Empfangszimmer war mit Ölgemälden

halbnackter Männer, die verschiedene, sehr gefährliche Dinge taten, ausgestattet. Bilder, die höchstwahrscheinlich als Titelblatt erschienen waren und die man dann später gerahmt und aufgehängt hatte. Es gab eines, auf dem ein Mann mit nacktem Oberkörper mit einem Haifisch kämpfte. Und das nur mit einem handgeschnitzten Dolch. Ein anderer lud eine Kanone, und wieder ein anderer skalpierte gerade einen Indianer.

Dann gab es ein Bild, auf dem sich zwei halbnackte Männer mit einer Peitsche duellierten.

Ein Mädchen, das auch nicht zuviel verbarg, saß in der Ecke des Empfangsraumes hinter ihrem Schreibtisch. Fast hätte Hawes sich in sie verliebt. Aber seine Selbstbeherrschung war bewundernswert. Das Mädchen sah von seiner Schreibarbeit auf, als er an den Tisch kam.

»Ich möchte Dean Kramer sprechen«, sagte Hawes. »Eine polizeiliche Angelegenheit.« Er zeigte seine Marke.

Uninteressiert blickte das Mädchen auf das kleine Metallstück. Dann stellte sie zu Kramer durch. Jetzt war Hawes sehr froh, daß er sich nicht in sie verliebt hatte, als sie sagte:

»Sie können gleich hineingehen, Sir. Zimmer zehn in der Mitte.«

»Danke«, sagte Hawes und öffnete die Tür, die zu den anderen Büroräumen führte. Der lange Korridor war an den Wänden über und über mit Fotos beklebt. Alte Gewehre, Sportwagen, Mädchen in Badeanzügen, alles Dinge, ohne die ein Herrenmagazin eingehen würde. Jeder Herausgeber derartiger Magazine wußte, daß es keinen Mann in Amerika gab, der sich nicht für alte Gewehre, Sportwagen oder Mädchen in Badeanzügen interessiert. Es verging kaum ein Nachmittag beim Dämmerschoppen, wo Männer sich nicht über diese Dinge unterhalten würden.

Für die Mädchen in Badeanzügen hatte Hawes sogar Verständnis, aber das einzige Gewehr, das ihn je interessiert hatte, war sein Dienstrevolver, der in seinem Schulterhalfter steckte. Und was die Automobilindustrie anbetraf, so konzentrierte sich sein Interesse auf die Fahrtüchtigkeit seines alten Ford, der ihn jeden Morgen zum Dienst brachte.

Zimmer zehn hatte keine Tür. Es gab auch keine Wände in diesem Büro. Statt dessen trennten schulterhohe Holzbarrieren die einzelnen Büros voneinander. Eine große Öffnung in dem Teil, der als Fronmauer diente, war der Eingang zum Büro.

Leise klopfte Kramer an den Teil rechts neben der Öffnung. Drinnen drehte sich ein Mann auf seinem Sessel um und blickte Hawes an.

»Mr. Kramer?«

»Ja?«

»Detektiv Hawes.«

»Bitte, kommen Sie herein«, sagte Kramer.

Er war ein nervöser kleiner Mann mit hellen Augen und einer Stupsnase. Sein Haar war schwarz und glatt, und unter der Nase pflegte er einen dichten, schwarzen Schnurrbart.

Der soll ihn wahrscheinlich älter wirken lassen, dachte Hawes. Er hatte nur zum Teil Erfolg damit. Kramer sah nicht älter aus als fünfundzwanzig.

»Bitte, nehmen Sie Platz«, forderte er Hawes auf.

Hawes setzte sich auf einen Stuhl neben dem Schreibtisch, der mit Pin-up-Fotos und Illustrationen für Stories beladen war. Verschiedenfarbige Schnellhefter, auf denen die einzelnen Einsende-Agenturen vermerkt waren, lagen ebenfalls auf dem Schreibtisch.

Kramer bemerkte Hawes' Blick.

»Redaktion«, sagte er. »Die sind alle gleich, nur das Objekt ist ein anderes.«

Einen Moment überlegte Hawes, was wohl an den Objekten anders wäre, aber er schwieg.

»Wenigstens«, fuhr Kramer fort, »bemühen wir uns, unser Magazin ein bißchen anspruchsvoller zu gestalten. Es muß sein, verstehen Sie? Sonst nimmt es mir kein Kiosk mehr ab.«

»Ich verstehe«, sagte Hawes höflich.

»Was kann ich für Sie tun, Mr. Hawes? Sie sind doch wohl nicht vom Postministerium, oder?«

»Nein.«

»Wir hatten nämlich Ärger mit einer Ausgabe – von wegen unzüchtiger Fotos und so. Ich dachte schon, daß man uns den Postversand sperren würde. Gott sei Dank hatten wir Glück! Ich bin heilfroh, daß Sie nicht von der Post sind.«

»Ich bin von der Polizei«, sagte Hawes.

»Was kann ich für Sie tun?«

»War heute eine Frau namens Lucy Mitchell bei Ihnen?«

Kramer sah erstaunt auf. »Ja, natürlich. Tatsächlich. Woher wußten Sie ...«

»Was wollte sie?«

»Sie glaubte, daß ich Fotos hätte, die ihr gehören. Ich habe ihr versichert, daß ich die Bilder nicht besitze. Sie hat geglaubt, ich sei mit jemand verwandt, den sie kennt.«

»Mit Sy Kramer?«

»Ja. So hieß der Mann.«

»Sind Sie mit ihm verwandt?«

»Nein.«

»Haben Sie die Fotos von Lucy Mitchell jemals gesehen?«

»Ich sehe den ganzen Tag nichts als Pin-ups. Ich könnte Ihnen den Unterschied zwischen einer Lucy Mitchell und einer Margaret Mitchell nicht sagen.«

Er schwieg einen Moment, runzelte die Stirn, dann sagte er: »Scarlett O'Hara war nicht eigentlich schön zu nennen, aber das merkten die Männer nicht, wenn sie von ihrem Charme gefesselt wurden, wie jetzt die Tarleton-Zwillinge.«

»Was?« rief Hawes.

»Das ist die erste Zeile aus *Vom Winde verweht*. Das ist mein Hobby. Ich merke mir alle ersten Zeilen wichtiger Romane. Der erste Satz eines Buches ist wahrscheinlich immer der wichtigste. Wußten Sie das?«

»Nein, das wußte ich nicht.«

»Sicher«, fuhr Kramer fort. »Das ist meine Theorie. Sie wären erstaunt, wieviel Autoren in diesen ersten Satz zu legen vermögen. Es ist wirklich ein sehr, sehr wichtiger Satz.«

»Also die Fotos . . .«, sagte Hawes.

»Gravitätisch kam der dicke Buck Mulligan vom Austritt am oberen Ende der Treppe; er trug ein Rasierbecken, auf dem kreuzweise ein Spiegel und ein Rasiermesser lagen.« Kramer sah erwartungsvoll Hawes an. »Wissen Sie, woher das stammt?«

»Nein.«

»Ulysses«, berichtete Kramer stolz. »James Joyce. Ein Paradebeispiel dafür, daß der Held des Geschehens dem Leser schon im ersten Satz vorgestellt wird. Und jetzt passen Sie mal auf.« Er machte eine Pause und überlegte eine Sekunde. Dann zitierte er: »Es war Wang Lus Hochzeitstag.«

»Die gute Erde«, sagte Hawes.

»Ja«, antwortete Kramer, offensichtlich erstaunt. »Und wie gefällt Ihnen das?« Wieder dachte er einen Moment nach. »Ob ich mich in diesem Buch zum Helden meiner eigenen Leidensgeschichte entwickeln werde, oder ob jemand anders diese Stelle ausfüllen soll, wird sich zeigen.«

Hawes schwieg.

»Es ist ein älteres Werk«, ermunterte ihn Kramer.

Hawes schwieg noch immer.

»David Copperfield«, verkündete Kramer fröhlich.

»Ach ja«, meinte Hawes.

»Ich kenne Tausende davon«, rief Kramer begeistert. »Ich habe sie alle im Kopf . . .«

»Was ist mit den Fotos von Lucy Mitchell?«

»Was soll mit ihnen sein?«

»Hat sie gesagt, warum sie sie haben wollte?«

»Sie sagte nur, daß sie sicher wäre, irgend jemand hätte sie. Sie glaubte, ich. Aber ich habe ihr gesagt, daß mich weder ihre Fotos noch sie selber interessierten, kurz gesagt, Mr. Hawes, ich habe sie hinausgeworfen.« Kramers Gesicht hellte sich auf. »Hier ist ein guter Anfang, hören Sie mal zu«, sagte er.

»Ich würde lieber . . .«

»Als er mit dem Packen fertig war, wischte er sich den Staub von den Händen und ging hinaus auf die Veranda des dritten Stockes der Kaserne; ein sauber und etwas schmächtig wirkender junger Mann in seiner Sommeruniform, die noch die Frische des frühen Morgens an sich hatte.« Kramer strahlte. »Kennen Sie das?« fragte er.

»Nein.«

»Verdammt in alle Ewigkeit!« klärte er Hawes auf. »Jones legt allerhand in diesen ersten Satz. Er erzählt, daß Sommer ist, er beschreibt, daß es noch früh am Morgen ist, daß es sich um ein Armeelager handelt und um einen Soldaten, der offenbar im Begriff ist, irgendwo hinzufahren. Und überdies gibt er dem Leser noch eine Beschreibung des Helden bis aufs I-Tüpfelchen. Das nenne ich einen guten Anfang.«

»Können wir jetzt bitte auf Lucy Mitchell zurückkommen?« fragte Hawes ungeduldig.

»Aber natürlich«, versicherte ihm Kramer.

»Was hat sie über Sy Kramer gesagt?«

»Daß er einmal ihre Fotos besaß, sie aber genau wüßte, daß jemand anders sie jetzt hätte.«

»Hat sie sich geäußert, weshalb sie das so genau wüßte?«

»Nein.«

»Und Sie haben die Fotos nie gesehen?«

»Mr. Hawes, ich muß mir täglich einen Weg durch einen Dschungel von Pin-up-Fotos schlagen ...« Kramer unterbrach sich, und seine Augen leuchteten. »Da fällt mir einer ein«, rief er begeistert, »der gefällt mir wirklich am besten.«

»Mr. Kramer!« Hawes versuchte ihn abzuhalten, aber er war schon in seinem Element und zitierte: »Die verwitterte Ziegelsteinfassade, an der sich grüner Efeu emporrankte, rahmte die breiten Fenster ein, in denen sich die Abendsonne spiegelte.«

»Mr. Kramer!«

»Das ist aus ...«

»Mr. Kramer!«

»Sir?«

»Gibt es sonst noch etwas, was Sie mir über Lucy Mitchell sagen können?«

»Nein«, antwortete Kramer kurz angebunden. Er schien jetzt wirklich eingeschnappt zu sein.

»Oder über Sy Kramer?«

»Auch nicht.«

»Also sie tat, als wäre sie davon überzeugt, daß jetzt jemand anders ihre Fotos hat?«

»Ja.«

»Haben Sie sie früher schon gekannt?«

»Nein.«

»Okay. Haben Sie vielen Dank, Mr. Kramer«, sagte Hawes.

»Gern geschehen«, antwortete Kramer.

Er schüttelte Hawes die Hand. Der Detektiv stand auf.

»Kommen Sie mal wieder vorbei«, meinte Kramer.

Und als Hawes schon halb draußen war, hörte er Kramer hinter sich:

»Heute nacht träumte mir, ich wäre wieder in Manderley gewesen. Mir schien, als habe ich vor dem Eisentor ...«

Hawes fand, daß verschiedene Dinge zu diesem Zeitpunkt der Untersuchung für sich sprachen.

Zunächst einmal gab es keinen Zweifel mehr darüber, daß Kramer jeden Monat fünfhundert Dollar aus Lucy Mencken herausgequetscht hatte. Außerdem war klar, daß die Pin-up-Fotos irgendwie in seinen Besitz gekommen sein mußten und daß er die Fotos als Druckmittel bei seiner Erpressung benutzt hatte.

Lucy Mencken hatte ausgesagt, daß ihr Mann Politiker war und im Herbst als Senator kandidieren wollte. In den Händen der Oppositionspartei, die damit eine Zeitungskampagne gegen Charles Mencken starten könnte, wäre das Fotomaterial eine tödliche Waffe. Es war verständlich, daß Lucy Mencken die Fotos haben wollte. Sie hatte sich so schön herausgemacht seit der Zeit, wo sie sich als Mädchen vom Lande vor Jason Poole ausgezogen hatte. Auf ihrem Weg zum Ruhm hatte sie Charles Mencken geheiratet, war Mutter von zwei Kindern geworden und besaß eine schöne Villa in einem teuren Vorort. Diese Fotos konnten die Senatorchancen ihres Mannes ernsthaft bedrohen, und falls er über die Fotos nicht Bescheid wußte, konnten sie auch ihre Ehe gefährden.

Es gab sechsunddreißig Fotos, hatte Patrick Blier gesagt. Die fünfhundert Dollar kamen jeden Monat, genau wie die dreihundert von Schlesser und die elfhundert von einer oder mehreren unbekannten Personen. Immer, wenn Schlesser einen Scheck geschickt hatte, erhielt er eine Fotokopie des Briefes. Schlesser hatte gehofft, daß Kramer irgendwann einmal keine Fotokopien mehr haben würde. Vielleicht hatte er nicht gewußt, daß man auch von Fotokopien neue Fotokopien herstellen konnte und daß Kramer ihn demzufolge für den Rest seines Lebens melken konnte. Vielleicht hatte er sich aber auch einen Dreck darum gekümmert. Nach dem, was er gesagt hatte, betrachtete er es als Geschäftsunkosten, genau wie seinen Werbeetat.

Angenommen, Kramer hatte eine ähnliche Methode bei Lucy Mencken angewandt? Hätte es nicht sein können, daß er ihr für jeden Scheck ein Negativ mit den dazugehörigen Abzügen schickte? Sechsunddreißig Negative mit Abzügen zu fünfhundert Dollar das Stück macht insgesamt achtzehntausend Dollar. Es wäre einleuchtend, daß Kramer auf einen solchen Ratenplan eingegangen wäre, denn achtzehntausend Dollar auf einen Schlag ist auch für eine begüterte Frau ein schöner Brocken. Besonders dann, wenn diese Frau die Ausgabe geheimhalten muß. Man kann nicht einfach achtzehntausend Dollar abheben und sagen, Liebling, ich habe mir ein paar neue Kleider gekauft.

Es wäre natürlich auch möglich, daß Kramer das Geschäft mit

Lucy Mencken als eine Art Lebensversicherung angesehen hatte, sozusagen eine Rente auf Lebzeiten. Genau, wie er genügend Fotokopien des Schlesser-Briefes hatte, konnte er sich auch genügend Abzüge von Lucys Pin-up-Aufnahmen besorgt haben. Selbst, wenn alle Negative zurückgegeben wären, könnte er noch mit Veröffentlichung in den Zeitungen drohen, denn man kann schließlich auch von Positivabzügen Negative anfertigen. Es wäre eine Schraube ohne Ende gewesen.

Hatte sich Lucy Mencken das vor Augen gehalten?

Hatte sie Sy Kramer getötet?

Vielleicht.

Und jetzt gab es einen neuen Aspekt in dem ganzen Fall. Lucy Mencken war davon überzeugt, daß jemand anders in den Besitz der Fotos gekommen war. Das mußte sie zweifellos in den letzten Tagen erfahren haben. Und das erste, was sie unternommen hatte, war, Blier zu besuchen und dann Kramer, den Redakteur der Herren-Zeitschrift. Hatte tatsächlich jetzt jemand anders die Fotos und mit Lucy Kontakt aufgenommen, um die Erpressung fortzusetzen, nachdem Kramers Tod sie unterbrochen hatte? Wer war dieser Unbekannte? Und, wenn Lucy Mencken den Tod von Sy Kramer tatsächlich verursacht hatte, konnte dieser neue Erpresser nicht ein schönes Opfer für einen zweiten Mord sein?

Hawes nickte. Es schien an der Zeit, Lucy Menckens Telefonleitung anzuzapfen.

Der Mann vom Abhördienst war ein Farbiger. Als Lucy die Tür öffnete, zeigte er seinen Ausweis von der Telefongesellschaft. Er erzählte ihr, ihre Leitung sei nicht in Ordnung, und es könne möglich sein, daß er eine kleinere Reparatur auszuführen hätte.

Der Name des Mannes war Arthur Brown, ein Detektiv, der zum 87. Polizeirevier gehörte. Er befestigte an allen drei Telefonen im Haus Adapter, legte seine Leitung über den Hinterhof, wo sie über die Straße weiterlief und in einem Bandgerät endete, das in einem Arbeitswagen der angeblichen Telefongesellschaft stand.

Der Apparat zeigte automatisch an, wenn eines der Telefone benutzt wurde. Er machte einen Unterschied zwischen ankommenden und hinausgehenden Gesprächen. Anrufe zum Metzger, Anrufe von Verwandten und Freunden, alle würden sie genau aufgenommen und später im Bullensilo vorgespielt werden. Keine der Bandaufnahmen jedoch würde als Beweismaterial vor Gericht zugelassen sein. Aber einige der Anrufe könnten vielleicht einen Hinweis auf den oder die neuen Erpresser Lucy Menckens geben.

8

Als Mario Torr in das Dienstzimmer kam, sprach Bert Kling gerade am Telefon. Torr wartete vor der Barriere, bis Kling sein Gespräch beendet hatte. Er sah den Detektiv erwartungsvoll an, als dieser ihm andeutete, hereinzutreten.

Wie immer sah Torr auch heute wieder unmöglich aus. Er ging zu dem Stuhl neben Klings Schreibtisch, setzte sich und achtete darauf, daß seine Bügelfalten nicht gedrückt wurden.

»Ich habe mir gedacht, ich schau' mal vorbei, um zu sehen, wie die Dinge vorankommen«, sagte er.

»Sie kommen gut voran«, antwortete Kling.

»Schon irgendeine Spur?«

»Ein paar.«

»Gut«, sagte Torr. »Sy war mein Freund. Ich möchte, daß Gerechtigkeit geübt wird. Glauben Sie immer noch, daß der Mord von einer Bande organisiert war?«

»Wir haben ein paar Möglichkeiten ins Auge gefaßt«, antwortete Kling ausweichend.

»Sehr gut.«

»Weshalb haben Sie mir nicht gesagt, daß Sie schon saßen, Torr?«

»Hä?«

»Ein Jahr Castleview wegen Erpressung. Auf Bewährung vorzeitig entlassen. Wie war das, Torr?«

»Ach ja«, meinte Torr, »das muß ich total vergessen haben.«

»Sicher.«

»Ich bin jetzt sauber«, beteuerte Torr. »Ich habe einen guten Job, arbeite da schon, seit ich rauskam.«

»In Sand's Spit, stimmt's?«

»Ja. Ich bin Arbeiter. Verdiene ungefähr neunzig Dollar die Woche, das ist ganz schönes Geld.«

»Freut mich«, sagte Kling.

»Klar. Verbrechen lohnen sich nicht.«

»Schlechte Gesellschaft auch nicht«, sagte Kling.

»Hä?«

»Ein ehrlicher Mann sollte sich nicht mit Leuten wie Sy Kramer anfreunden.«

»Das war was anderes. Sehen Sie, ich sage immer, was der einzelne macht, das ist seine Sache. Ich kümmere mich nicht darum. Sy hat nie von seinen Geschäften gesprochen und ich nicht über meine.«

»Aber Sie haben sich doch denken können, daß er etwas nicht ganz Astreines treibt, oder?«

»Na ja, er war immer Klasse angezogen und fuhr einen schikken Wagen. Sicher habe ich mir meine Gedanken gemacht.«

»Kannten Sie seine Biene?«

»Nancy O'Hara? Mr. Kling, das ist keine Biene. Wenn Sie sie kennen würden, würden Sie sie nicht so bezeichnen. Weit entfernt!«

»Dann kannten Sie sie also?«

»Hab' sie einmal gesehen. Sy kam mit ihr in seinem Cadillac vorbei. Ich winkte, und er hielt an, um guten Tag zu sagen. Er machte uns bekannt.«

»Sie behauptet, sie wüßte nichts über seine Geschäfte. Würden Sie ihr das abnehmen, Torr?«

»Klar. Wer behauptet denn, daß 'ne Frau Grips haben muß, hm? Alles, was eine Frau braucht, ist . . .«

»Dann haben wir also schon zwei, die nichts von Kramers Geschäften wissen.«

»Ich hab' mir gedacht, daß er irgendein dickes Eisen im Feuer hat«, erklärte Torr. »Das mußte er haben. Ein Mann kommt nicht so mir nichts, dir nichts mit zwei neuen Autos, 'ner tollen Frau und Anzügen daher, daß einem das Wasser im Mund zusammenläuft, wenn er nicht einen großen Fisch geangelt hat, und ich meine groß, verstehen Sie.«

»Was verstehen Sie denn unter kleinen Fischen?«

»Nadelgeld, kapiert?«

»Nein. Was bedeutet das?«

»Zwei Scheine im Monat oder so. Teufel, Sie wissen es doch besser als ich. Wieviel hat er im Monat von seinen Opfern gekriegt?«

»Genug«, erklärte Kling.

»Ich spreche nicht von den dicken Brocken. Ich meine die kleinen, laufenden Einnahmen«, sagte Torr.

»Woher wissen Sie, daß es kleine und große gab?«

»Das vermute ich bloß. Ich denke mir, die großen haben ihm seine Autos und die Wohnung und all das ermöglicht, und von den kleinen hat er gelebt. Stimmt das nicht?«

»Könnte sein.«

»Sicher. Was kann man von den kleinen schon erwarten, zwei, drei Scheine im Monat? Die großen Summen zählen.«

»Kann sein«, meinte Kling.

»Wissen Sie schon, woher die großen kamen?«

»Nein.«

»Die kleinen?«

»Vielleicht.«

»Wieviel kleine gibt es?«

»Sie hätten Polizist werden sollen, Torr.«

»Ich bin nur daran interessiert, daß Gerechtigkeit geübt wird. Sy war mein Freund.«

»Machen Sie sich keine Sorgen«, sagte Kling. »Ich habe zu tun. Wenn Sie fertig sind, würde ich gern weiterarbeiten.«

»Klar«, meinte Torr, »ich wollte Sie nicht stören.«

Dann ging er.

Danny Gimps Anruf erreichte Carella zu Hause.

Die Männer verabredeten sich am Plum Beach in Riverhead. Carella riet Danny, seine Badehose mitzubringen.

Sie lagen Seite an Seite im Sand wie zwei alte Freunde, die sich über die Bikinischönheiten unterhielten. Die Sonne war sehr heiß an diesem Tag.

»Ich hoffe, es macht dir nichts aus, wenn ich nicht zu oft ins Revier kommen will. Weißt du, es schadet dem Geschäft«, sagte Danny.

»Das verstehe ich«, antwortete Carella. »Was hast du für mich?«

»Sy Kramers Vergangenheit.«

»Fang an.«

»Er lebte schon seit einigen Jahren auf großem Fuß. Nicht ganz so toll wie zum Schluß, als es ihn erwischt hat, aber er hatte eine nette Wohnung, einen guten Wagen, einen Dodge, keinen Cadillac wie zum Schluß. Kommst du mit?«

»Ich komme mit.«

»Also«, fuhr Gimp fort, »im September vorigen Jahres fing Kramer richtig an. Er wirft mit dem Geld herum wie ein besoffener Matrose. Zwei neue Autos, Anzüge, die neue Wohnung. Um die gleiche Zeit hat er auch die O'Hara aufgegabelt. Sie ist natürlich von diesem Wohlstand beeindruckt. Na, wer wäre das auch nicht. Kurzum, sie zieht zu ihm.«

»Wie hat er sie denn kennengelernt?«

»Was sagt sie denn?«

»Sie sagt, sie sei Tänzerin und habe ihn in einem Drugstore getroffen.«

»Einen Dreck hat sie«, schimpfte Danny. »Sie zog eine zweitklassige Striptease-Nummer in einem billigen Schuppen auf dem Stem ab. Die Hälfte ihrer Einnahmen stammte daher, daß sie die Männer zu Drinks animierte.«

»Prostitution?«

»Nein. Aber ich würde die Hand dafür nicht ins Feuer legen. Sie sieht ja unwahrscheinlich aus, Steve. Sie haben sie als ›das rote Mieder‹ rausgebracht.«

»Kein schlechter Name für eine Striptease-Nummer.«

»Na ja, sie hat auch dieses brandrote Haar. Jedenfalls, ihre Nummer war Käse. Alles, was sie hatte, war ihre Figur. Je weniger sie tanzte und je schneller sie sich auszog, desto besser war es für alle Beteiligten.«

»So also hat sie Kramer getroffen und umgarnt?«

»Genau. Ich hab' 'ne gute Nase. Für ein Trinkgeld mußte sie sich jede Nacht von Gästen betatschen lassen. Wahrscheinlich hat sie sich gedacht, es ist besser, in Luxus zu leben und nur noch von einem betastet zu werden.«

»Du bist zynisch, Danny.«

»Ich weiß eben Bescheid. Also weiter: im September muß Kramer das goldene Ei gefunden haben.«

»Wie?«

»Das ist das, was ich nicht weiß.«

»Mmm«, brummte Carella.

»Daraus schließe ich, daß ich dir bis jetzt nichts Neues erzählt habe, was?«

»Fast nichts«, erwiderte Carella. »Das mit dem Mädchen wußte ich noch nicht. Was hast du sonst noch auf Lager?«

»Einen Jagdausflug.«

»Kramer?«

»Ja.«

»Wann?«

»Anfang September. Nachdem er zurückgekommen war, begann er, das Geld mit beiden Händen um sich zu schmeißen. Glaubst du, es könnte ein Zusammenhang bestehen?«

»Keine Ahnung. Ist er als Jäger bekannt?«

»Kaninchen, Wildenten und so. Einen Tiger hat er jedenfalls nie erledigt, wenn du das meinst.«

»Wohin ist er gefahren?«

»Keine Ahnung.«

»Fuhr er allein?«

»Ja.«

»Bist du sicher, daß es ein Jagdausflug war?«

»Nee. Hätte auch was anderes sein können. Was weiß ich, vielleicht war er auch in Chicago und hat 'ne Bank ausgeraubt. Vielleicht stammt daher sein Reichtum.«

»War das Geld heiß, was glaubst du?«

»Möcht' ich nicht sagen. Sah nicht danach aus. Wenn es heiß gewesen wäre, hätte er sich einen Wechsler besorgen müssen und lieber einen Verlust erlitten.«

»Woher weißt du, daß er das nicht gemacht hat?«

»Ich habe bei den Jungs herumgehorcht, die heiße Scheine umtauschen. Kramer war bei keinem. Außerdem vergessen wir etwas.«

»Was denn?«

»Seine Masche. Er war doch ein Erpresser. Gut, vielleicht hat er beschlossen, zwischendurch auf die schnelle einen großen Fang zu tun. Aber für einen Dressurakt engagiert man keinen Seiltänzer. Außerdem habe ich dir schon gesagt, diese ...«

»Mmm, vielleicht hast du recht«, meinte Carella. »Aber er könnte natürlich auch heiße Steine gehabt haben oder Pelze ...«

»Das glaube ich nicht, Steve. Er war Erpresser.«

»Trotzdem.«

»Nein, nein, so ausgeschlossen ist das auch nicht. Vielleicht fuhr er zu einem seiner Opfer und holte sich eine Stange Geld persönlich ab. Vielleicht war der Jagdausflug eine Ausrede.«

»Oder er ist tatsächlich zum Jagen gefahren«, sagte Carella. »Vielleicht haben seine Reise und sein Reichtum gar keine Verbindung miteinander.«

»Kann sein.«

»Und du hast keine Ahnung, wohin er gefahren ist?«

»Keinen Schimmer.«

»Und er war allein, sagst du?«

»Richtig.«

»War das, bevor er die O'Hara hatte?«

»Ja.«

»Glaubst du, sie könnte was darüber wissen?«

»Vielleicht.« Danny lächelte. »Hat schon mancher Kerl im Schlaf geredet.«

»Wir werden sie fragen. Du hast mir geholfen, Danny. Wieviel?«

»Es widerstrebt mir, dir was abzunehmen, Steve. Speziell, wenn ich nichts Besonderes auf Lager hatte. Aber ich bin zur Zeit ein bißchen klamm. Kannst du fünfundzwanzig Scheine entbehren?«

Carella griff in die Tasche und reichte Danny zwei Zehner und einen Fünfer.

»Danke«, sagte Danny, »ich werde mich revanchieren. Das nächste Interview ist honorarfrei.«

Sie lagen noch eine Weile im Sand. Carella schwamm ein paar Stöße, dann gingen sie zurück zu ihren Ankleidekabinen. Als sie sich verabschiedeten, war es drei Uhr nachmittags.

Als Cotton Hawes zum zweitenmal bei Nancy O'Hara aufkreuzte, hatte er die Liebe zu Hause gelassen. Wenn man davon absah, daß sie sich mit dem Vornamen ansprachen und duzten, konnte selbst der Gewiegteste nicht darauf kommen, daß die beiden noch vor kurzem aufs intimste miteinander verkehrten.

Ja, die Liebe kommt, die Liebe geht.

»Hallo, Nancy«, begrüßte er sie, als die Tür geöffnet wurde. »Ich habe hoffentlich keinen schlechten Zeitpunkt erwischt?«

»Nein. Komm herein, Cotton.«

Er folgte ihr ins Wohnzimmer.

»Was zu trinken?«

»Nein, danke.«

»Was gibt's, Cotton? Hast du den Mörder gefunden?«

»Noch nicht. Ich hätte dich gern noch verschiedenes gefragt, wenn's dir nichts ausmacht.«

»Aber überhaupt nicht.«

»Warst du Striptease-Tänzerin?«

Nancy zögerte. »Ja«, antwortete sie.

»Sonst noch was?«

»Nein.«

»Okay.«

»Danke schön. Ich bin glücklich, daß ich deine Zustimmung habe.«

»Weshalb hast du gelogen?«

»Tänzerin hört sich besser an, nicht wahr? Ich tauge weder für das eine noch für das andere. Sy wollte, daß ich bei ihm lebe, also zog ich her. Was ist daran so schrecklich?«

»Eigentlich nichts, glaube ich.«

»Werd bloß nicht moralisch, Cotton«, bat sie. »Das letzte Mal warst du's auch nicht.«

»Stimmt.« Er lächelte. »Hören wir also mit diesem Getue auf und beginnen mit der Arbeit.«

»Zum Beispiel?«

»Zum Beispiel Kramer. Hat er je einen Jagdausflug bei dir erwähnt?«

»Ja.« Sie machte eine Pause. »Habe ich dir doch gesagt. Jagen war eines seiner Hobbys.«

»War er im September weg?«

»Ja.« Wieder zögerte sie. »Bevor wir uns kennenlernten. Ja, er hat mal davon gesprochen.«

»War er wirklich beim Jagen?«

»Ich glaube schon. Er erzählte mir von seiner Beute. Ich glaube, er sagte was von einem Reh. Ja, ja, er war wirklich auf der Jagd.«

»Wo?«

»Weiß ich nicht.«

»Und als du bei ihm lebtest, fuhr er da noch mal weg?«

»Ja. Das habe ich dir doch auch schon gesagt. Er fuhr ein paarmal.«

»Aber wo er im September hinfuhr, das weißt du nicht?«

»Nein.«

Hawes überlegte einen Moment. Dann fragte er: »Weißt du zufällig, ob Kramer bargeldlos Benzin tankte?«

»Was?«

»Ich meine, ob er ein Tankscheckheft hatte. Man kann sich bei der Bank, wo man ein Konto hat, solche Schecks geben lassen, die jede Tankstelle im Land als Zahlung für Benzin annimmt.«

»Ach so. Nein, das weiß ich nicht. Hat man so ein Tankscheckheft immer bei sich?«

»Ja.«

»Seine Brieftasche ist noch immer bei der Polizei. Weshalb siehst du dort nicht nach?«

»Werde ich«, antwortete Hawes. »Hob Kramer Rechnungen auf?«

»Was für Rechnungen?«

»Telefonrechnungen, Strom- und Gasrechnungen.«

»Ja, ja, die hat er aufgehoben.«

»Wo?«

»In dem kleinen Tisch da in der Diele.«

»Ob sie noch da sind?«

»Ich habe nichts angefaßt«, sagte Nancy.

»Gut. Hast du was dagegen, wenn ich die Schublade mal durchsehe?«

»Überhaupt nicht. Was suchst du denn, Cotton?«

»Ich suche etwas, was vielleicht genausogut wie eine Landkarte ist«, antwortete Hawes und ging hinaus in die Diele.

9

Die meisten Belege waren Tankstellenquittungen, in der Mehrzahl von einer Tankstelle, die sich *George's Service Center* in Isola nannte. Die Polizei fand heraus, daß diese Tankstelle drei Querstraßen von Kramers Wohnung entfernt lag. Zweifellos war Kramer dort Stammkunde gewesen.

Am ersten September war Kramer mit dem Wagen auf eine Reise gefahren. Die erste Quittung dieses Tages stammte von *George's* in Isola. Kramer hatte neunundvierzig Liter Benzin und einen Liter Öl getankt.

Eine Anfrage bei der Cadillac-Vertretung ergab, daß der Wagen zwischen fünfzehn und sechzehn Liter Benzin auf hundert Kilometer verbrauchte.

Die Tankquittungen jenes Tages schienen diese Angabe zu bestätigen. Offenbar mußte Kramer seine Bezinuhr genau beobachtet haben. Ungefähr alle zweihundert Kilometer, wenn der Tank halbleer war, hatte er angehalten und ihn wieder auffüllen lassen. Jede dieser Tankquittungen trug Name und Anschrift der Tankstelle.

Sy Kramer war zweifellos in die Adirondacks-Berge im Staat New York gefahren.

Hawes nahm eine Autokarte und versuchte, Kramers Reiseroute durch diesen Staat zu bestimmen. Er kennzeichnete jede Stadt, von der eine Tankquittung vorlag. Der letzte Ort, an dem Kramer am ersten September getankt hatte, hieß Gloversville. Nördlich davon begannen die Berge. Und von dort aus hätte er überallhin in die Adirondacks fahren können. Weitere Tankquittungen gab es an diesem Tag nicht.

Hawes machte einen dicken Kreis um Gloversville, dann sah er sich die Rechnungen noch mal an.

Am achten September, eine Woche später also, hatte Kramer in einer Stadt, die Griffins hieß, wieder zwanzig Liter Benzin und einen Liter Öl getankt. Die restlichen Quittungen des Achten ließen darauf schließen, daß er in südlicher Richtung gefahren war. In Griffins hatte er also offenbar das erstenmal auf dem Heimweg getankt. Die Stadt nördlich von Griffins hieß Bakersmills. Es erschien Hawes durchaus möglich, daß Kramer irgendwo zwischen Griffins und Bakersmills abgezweigt und in die Berge gefahren war.

Er machte um beide Städte einen Kreis.

Wieder studierte Hawes die Landkarte.

Er wußte, daß seine Theorie falsch sein konnte. Aber die Entfernung zwischen Gloversville und Griffins betrug sechsundfünfzig Kilometer.

Kramer hatte in Gloversville vollgetankt. Bei dem Benzinverbrauch des Wagens würde Kramer ein bißchen mehr als sieben Liter für die Fahrt nach Griffins gebraucht haben. Wenn Hawes nun kalkulierte, daß Kramer weitere fünfzig Kilometer gefahren war, um in die Berge zu kommen, und nochmals rund fünfzig, um aus den Bergen wieder nach Griffins zu kommen, konnte das stimmen? Denn Kramer hatte doch in Griffins zwanzig Liter getankt.

Es bestand also durchaus die Möglichkeit, daß er von Griffins aus in die Berge gefahren war. Ein bißchen weit hergeholt, aber möglich war es.

Eines war sicher: Kramer war ein Lügner oder ein gewohnheitsmäßiger Gesetzesbrecher. Er hatte Nancy O'Hara erzählt, er habe ein Reh geschossen. Und eine Nachfrage bei den Forstbehörden hatte ergeben, daß die Jagd in den Adirondacks nicht vor dem 25. Oktober beginnt.

»Hallo, Jean?«

»Ja?«

»Hier ist Lucy Mencken.«

»Ach Lucy. Guten Tag, wie geht's? Ich habe gerade an dich gedacht.«

»Tatsächlich?«

»Ja. Ich wollte dich um das Rezept der gefüllten Paprikaschoten bitten, die du bei deiner letzten Einladung serviert hast.«

»Ach die. Haben sie dir so gut geschmeckt?«

»Lucy, sie waren einfach köstlich.«

»Das freut mich. Ich werde das Rezept holen . . . oder vielleicht, nun, der Grund, weshalb ich anrief, Jean, war der: ich dachte, daß du und die Kinder vielleicht heute nachmittag zum Baden herüberkommt. Das Wasser ist herrlich, und es scheint, als wenn es heute sehr heiß wird.«

»Ja, es sieht so aus. Ich weiß nicht, Lucy. Frank sagte, daß er vielleicht heute früher nach Hause kommt.«

»Na, dann bring ihn doch mit. Charles ist auch hier.«

»Ja?«

»Ja, Jean. Du weißt doch, daß du bei uns immer gern gesehen bist. Ich komme mir richtig albern vor, daß ich dich ständig extra einladen muß.«

»Nun . . .«

»Sag, daß du kommst.«

»Um welche Zeit, Lucy?«

»Wann du kannst. Komm zum Mittagessen, wenn es dir paßt.«

»Fein. Ich werde kommen.«

»Gut, ich freu' mich.«

Das Gerät in dem Wagen, der angeblich von der Telefongesellschaft war, spulte unbarmherzig sein Band auf.

Arthur Brown, der die Anrufe überwachte, hing dieser Job zum Halse raus. Er hatte sich ein Dutzend alter Ausgaben des *National Geographic* mitgenommen. Die las er jetzt, als Lucy Mencken und ihre verschiedenen Gesprächspartner redeten und redeten und redeten. Bis jetzt war noch kein Drohanruf gekommen. Trotzdem war Lucy Menckens Draht heiß, es wurde unentwegt telefoniert.

Für Teddy Carella dagegen war das Telefon ein wertloses Instrument. Ihretwegen hätte es überhaupt nicht erfunden werden müssen. Sie war taubstumm.

Ihr Handikap rührte von einem unglücklichen Unfall bei der Geburt her. Trotzdem war Teddy in vielen Beziehungen glücklicher als andere Frauen. Sie empfand es halb so schlimm. Ihr größtes Glück war ihr Mann Steve Carella. Sie würde nie müde werden, ihn anzuschauen, nie müde werden, ihm »zuzuhören«, und niemals aufhören, ihn zu lieben.

Am Abend des 8. Juli nach dem Essen saß sie mit ihrem Mann in der kleinen Wohnung in Riverhead im Wohnzimmer vor dem Fernsehapparat. Sie las die Worte der Schauspieler von den Lippen ab, und als sie kurz auf ihren Mann blickte, merkte sie, daß nur sie allein dem Programm folgte. Ihr Mann schien wieder auf seiner berühmten Wolke dreizehn zu sitzen.

Sie lächelte voller Anmut und Charme, in dem ihre tiefe Zuneigung zu ihm deutlich zutage trat. Dunkelhaarig, dunkeläugig, hatte sie alle physischen Vorzüge der Venus, die sich mit ihrem immer zu Streichen aufgelegten Wesen mischte.

Teddy trug einen leichten Strandanzug. Jetzt stand sie auf und setzte sich vor Carellas Füße. Dann gestikulierte sie mit dem Kopf zum Bildschirm hin und hob fragend die Augenbrauen.

»Ha?« meinte Carella. »Oh, es ist eine gute Show, wirklich, wunderbar.«

Teddy nickte, aber ihre Züge drückten Ironie aus.

»Nein, wirklich«, sagte Carella ernsthaft. »Ich mag diese Sendungen. Sie sind interessant und gekonnt gemacht. Ausgezeichnet.«

Unverwandt sah sie ihn an.

»Okay«, gab er endlich zu, »ich habe über den Fall nachgedacht.«

Teddy bewegte leicht den Mund und deutete dann auf sich selbst.

»Ja, ich werde dir davon erzählen, wenn du es wirklich wissen willst«, sagte er.

Sie nickte.

»Also ich arbeite mit Hawes zusammen an diesem Fall.«

Teddy zog ein langes Gesicht.

»Nein, nein«, beruhigte sie Carella. »Er wird sich schon benehmen. Er macht keine Mätzchen.« Carella lächelte. »Denke dran, du weißt von nichts.«

Teddy lächelte zurück.

»Ich habe dir von Kramers Tod erzählt, von seinen Bankguthaben und von seinen Opfern. Wir wissen immer noch nicht, wer ihm monatlich die elfhundert Dollar geschickt hat. Und Lucy Mencken scheint immer noch unser bestes Pferd im Stall zu sein. Trotzdem gibt es ein paar Dinge, die mich stören.«

Teddy nickte und las intensiv jedes Wort von seinen Lippen ab.

»Also«, fuhr Carella fort, »zunächst einmal haben wir keine Ahnung, wo Kramer die Dokumente, mit denen er erpreßt hat, aufbewahrte. Die Fotokopien des Briefes, die Bilder von Lucy und das, was er gegen den Mann mit den elfhundert Dollar hatte. Ganz zu schweigen von den dicken Zahlungen. Wir haben seine Wohnung gründlich durchsucht, aber es war nichts da.

Du hättest diese Rothaarige sehen sollen, mit der er zusammengelebt hat. Also das wäre ganz mein Fall.«

Teddy runzelte strafend die Stirn.

»Sehr hübsch«, meinte Carella. »Einfach Klasse. Ich glaube, ich werde noch mal in die Wohnung gehen und so tun, als suche ich noch etwas. Vielleicht finde ich es im Schlafzimmer?«

Teddy nickte ein übertriebenes »Ganz bestimmt«.

»Nein, Spaß beiseite, Liebling, es macht mir Sorgen. Man denkt doch automatisch an ein Schließfach, nicht wahr?«

Wieder nickte Teddy.

»Wir haben alle Banken der Stadt angerufen. Bei keiner hatte ein Sy oder Seymour Kramer ein Schließfach. Ich bekam eine Liste von fünfundachtzig Schließfachbesitzern, die die Anfangsbuchstaben S K haben, nur für den Fall, daß Kramer einen falschen Namen benutzt hat. Wenn ein Bursche ein Alias benutzt, verwendet er meist dieselben Anfangsbuchstaben. Wir haben die fünfundachtzig Leute angerufen, aber sie waren alle in Ordnung. Wo, zum Teufel, hat also Kramer die Sachen aufbewahrt?«

Sie wollte sich gerade zärtlich an ihn schmiegen, als er seinen Kopf schüttelte.

»Was ist los?« fragten ihre Augen.

»Das andere, was mir Sorgen macht«, sagte er, »sind die Kontoauszüge. Was für eine verdammte Art von Erpressung ist das? Die einzige vernünftige Summe sind fünfzehntausend Dollar. Wenn du jemand erpressen würdest, kannst du dir vorstellen, daß du dann sechstausenddreihundertundzwanzig Dollar und vierzehn Cent verlangst?«

Teddy sah erstaunt auf.

»Nein, Schatz, das war nicht die tatsächliche Summe«, erklärte Carella. »Ich versuche nur, logisch zu denken. Weshalb sollte Kramer gerade einundzwanzigtausend Dollar verlangt haben? Ist das nicht verrückt? Zwanzigtausend sind doch viel verständlicher, wenn man davon ausgeht, daß er ja die Summe bestimmt hat. Weshalb neuntausend? Zehntausend wären logisch. Ich verstehe das einfach nicht. In solchen Fällen wollen doch die Leute runde Summen haben.«

Teddy begann, in der Luft Zahlen zu schreiben. Es dauerte eine Weile, bis Carella begriff, was sie meinte.

»Ja, sicher«, sagte er, »einundzwanzigtausend und neuntausend macht dreißigtausend, das ist eine runde Summe. Glaubst du, er hat sein Opfer angewiesen, es in Raten zu zahlen?«

Teddy nickte.

»Ja, aber wie sieht dann die dritte Rate aus? Und weshalb waren die ersten beide so komische Summen? Nein, da stimmt etwas nicht, Teddy. Ich bin überzeugt, daß wir mehr über diese Zahlen erfahren, wenn wir erst einmal Kramers Versteck für seine Erpressungsunterlagen aufgespürt haben. Dieses sind die größten Einzahlungen, die er gemacht hat. Wir sind hinter den kleinen Fischen her und haben noch nicht mal eine Ahnung, woher die großen kamen, für die sich ein Mord gelohnt hätte.

Andererseits, zum Teufel, es hätte auch Lucy Mencken getan haben können. Sie hat sich wie eine Irre aufgeführt, um diese Fotos wiederzubekommen. Ich würde ihr gern einmal begegnen. Sicher würde es sich lohnen, die Mencken mal ohne ihren Raumanzug zu sehen.«

Wieder runzelte Teddy die Stirn.

»Du weißt doch, daß ich dich lieb habe«, sagte Carella lächelnd. »Du bist eine wunderbare, kleine Frau.« Er machte eine Pause. »Ich liebe dich, aber, mein Gott, diese Mencken!«

Teddy versuchte es noch einmal, streng zu schauen, aber sie mußte selber lachen. Sie fiel ihm in die Arme, und er sagte: »He, wie soll ich meinen Fall lösen, wenn du dich so aufführst?«

Aber in Wirklichkeit hatte er längst aufgehört, an seinen Fall zu denken.

Oh, dieser Cotton Hawes!

Am Dienstagmorgen, dem 9. Juli, verließ er die Stadt. Es war ein wunderbarer Tag, noch nicht zu heiß, aber mit hellem Sonnenschein und einer frischen Brise, die über den Harb River wehte. Er überquerte die Hamilton-Brücke.

An diesem Morgen floß der Harb still und träge dahin. Hawes fuhr in den Nachbarstaat, nahm den Greentree Highway, der am Fluß entlang nach Norden führte. Er hatte das Verdeck seines Ford Cabrios geöffnet, und seine Jacke lag neben ihm auf dem Sitz. Er trug ein Sporthemd mit breiten schwarzen und roten Streifen. Dazu hatte er alte graue Marinehosen angezogen. Hawes war Offizier bei der Marine gewesen und hatte noch die meisten Uniformstücke. Er trug sie oft, aber nicht etwa, weil er sentimental war, sondern ganz einfach deswegen, weil er mit seinem Gehalt keine großen Sprünge machen konnte.

Der Wind fing sich in seinem roten Haar, als er dahinbrauste. Über der Landschaft lag gleißender Sonnenschein. Ja, es war ein schöner Tag, und beinahe hätte Hawes den Grund vergessen, weshalb er in den Staat New York hinauffuhr.

Aber als er am Zuchthaus Castleview vorbeikam, fiel er ihm prompt wieder ein.

Während der Mittagspause war dieses Wissen allerdings wieder reichlich getrübt, denn Cotton Hawes verliebte sich Hals über Kopf schon wieder.

Das Mädchen, das an diesem Umstand schuld war, war die Kellnerin. Sie trug ein weißes Kleid und ein weißes Häubchen auf ihrem kurzgeschnittenen blonden Haar. Sie kam an seinen Tisch und lächelte. Und dieses Lächeln ließ ihn in die Knie gehen.

»Guten Tag, Sir«, begrüßte sie ihn. Als er ihre Stimme gehört hatte, war er hoffnungslos verloren.

»Möchten Sie die Speisekarte?«

»Ich habe eine bessere Idee«, erwiderte Hawes.

»Welche?«

»Ziehen Sie sich was Hübsches an, und zeigen Sie mir das beste Lokal am Platz. Dann lade ich Sie zum Mittagessen ein.«

Das Mädchen sah ihn mit einem halb bestürzten, halb amüsierten Ausdruck an.

»Ich habe schon von Geschwindigkeitsrekorden gehört«, sagte sie, »aber Sie haben soeben die Schallmauer durchbrochen.«

»Das Leben ist kurz und süß«, sagte Hawes.

»Und Sie werden langsam alt«, konterte das Mädchen, »sogar Ihr Haar wird schon weiß.«

»Was sagen Sie zu meinem Vorschlag?«

»Ich weiß noch nicht mal Ihren Namen. Und zu Ihrem Vorschlag sage ich, daß es unmöglich geht, weil ich nicht vor vier Uhr abgelöst werde. Außerdem sind Sie aus der Stadt.«

»Stimmt«, antwortete Hawes. »Woher wissen Sie das?«

»Ich bin auch nicht vom Lande. Ich komme aus Majesta.«

»Das ist ein nettes Fleckchen.«

»Ja, besonders, wenn man es mit diesem Nest hier vergleicht.«

»Sind Sie nur während der Sommermonate hier?«

»Ja. Im Herbst gehe ich zurück aufs College.«

»Essen Sie doch mit mir.«

»Wie heißen Sie?«

»Cotton.«

»Nein, mit Vornamen meine ich.«

»Das ist er.«

Das Mädchen lächelte. »So wie Cotton Meyer?«

»Genau, nur ich heiße Cotton Hawes.«

»Ich bin noch nie von einem Mann eingeladen worden, der Cotton heißt«, sagte das Mädchen.

»Sagen Sie Ihrem Chef, Sie hätten scheußliche Kopfschmerzen. Ich bin sowieso der einzige Gast in diesem Laden. Er wird weder Sie noch mich vermissen.«

Das Mädchen überlegte eine Weile. »Und was mache ich dann mit dem angebrochenen Nachmittag?« fragte sie. »Die Arbeit hilft mir, die Zeit totzuschlagen. In diesem Nest kann man sonst verrückt werden.«

Hawes lächelte. »Wir werden uns was Nettes einfallen lassen«, versprach er.

Das Mädchen hieß Polly. Sie studierte Anthropologie und hoffte, einmal ihren Doktor zu machen. Sie wollte nach Yucatan, um die Maya-Indianer zu studieren und alles über den Schlangenkult.

All das erfuhr Hawes beim Mittagessen. Sie hatte ihn in ein Lokal in der Nachbarstadt geführt, ein Restaurant, das tannenbeschirmt an einem See lag. Als er Polly erzählte, er sei Detektiv, glaubte sie ihm nicht. Also zeigte er ihr seinen Revolver. Pollys blaue Augen wurden groß, und ihr hübscher Mund spitzte sich zu einem erstaunten »Oh!«

Sie war ein besonders schlankes Mädchen mit einem wohlgeformten Busen und runden Hüften. Außerdem bewegte sie sich mit der Grazie eines Fotomodells.

Nach dem Essen tranken sie ein paar Cocktails. In der Stadt war nicht viel los. An einem heißen Tag trinkt man schneller, also genehmigten sie sich noch ein paar Drinks. Und als sie in der Bar des Restaurants eine Musikbox entdeckten, tanzten sie. Anschließend gingen sie in ein Kino. Dann aßen sie zu Abend.

Polly wohnte in einem Zwei-Zimmer-Appartement in der Nähe des Lokals, in dem sie arbeitete. Sie hatte einen Plattenspieler und Whisky, was lag also näher, als nach dem Abendessen noch zu ihr zu gehen?

Polly lebte allein, sie war ein hübsches Mädchen mit blauen Augen und blondem Haar. Sie war besonders schlank und hatte einen wohlgeformten Busen.

Polly stammte aus der Großstadt und langweilte sich in dem kleinen Ort zu Tode. Sie war entzückt, diesen charmanten Mann kennengelernt zu haben, der Cotton hieß und eine weiße Strähne im Haar hatte.

Sie verliebte sich auch ein bißchen in ihn.

Und wie gesagt, sie wohnte ja ganz allein, und Hawes war in sie verliebt.

Also . . .

10

Von den Ufern des Sees und der Einfahrt zum Kukabonga-Jagdhaus konnte man die grünen Berge der Adirondacks und das klare Blau des Himmels dahinter sehen. Das Jagdhaus war nicht groß und aus Balken errichtet, die ein Teil der grünen Umgebung zu sein schienen.

Eine doppelte Reihe von Holzstufen begann an dem flachen Felsen, fast genau am Seeufer, und führte bis zur Eingangstür des Holzhauses. Die Tür war in holländischem Stil gebaut. Die obere Hälfte stand halb offen.

Als Hawes die letzten Stufen hinaufstieg, war er mürrisch und mutlos. Er hatte bereits ein halbes Dutzend Jagdhütten in der Umgebung besucht. Verbissen hatte er die Gegend nördlich von Griffins durchgekämmt. Keiner erinnerte sich an einen Sy Kramer. Die meisten Leute hatten ihm Auskunft gegeben, daß die richtigen Jäger nicht vor Ende Oktober kamen. Während der ersten Septemberhälfte waren die Jagdhäuser nur von Sonntagsjägern besucht. Meistens handelte es sich um Männer, die mit ihren Freundinnen kamen und zu Hause erzählt hatten, sie gingen auf die Jagd.

Hawes war enttäuscht. Das Land war wunderschön, aber schließlich war er nicht gekommen, um die Aussicht zu bewundern. Außerdem war er nicht mehr verliebt, und das Gebirge, das strahlende Blau des Himmels, das ständige Gekreische der Vögel fingen an, ihn maßlos zu langweilen. Er wünschte fast, er wäre in seinem Revier, wo man vor lauter Dächern den Himmel überhaupt nicht sehen konnte.

Es ist dir schon in Fleisch und Blut übergegangen, dachte Hawes. Fast wie ein Gefängnis, aber du liebst es.

»Guten Tag«, rief eine Stimme von oben.

Hawes sah hinauf. »Hallo«, antwortete er.

Der Mann stand hinter der Tür und war zur Hälfte verdeckt. Das, was von ihm zu sehen war, war schlank und sehnig, die Figur eines Pfadfinders, eines Mannes, der im Freien arbeitete. Er trug ein weißes Unterhemd, das seine Muskeln wie eine dünne Hülle bedeckte. Sein Gesicht war breit und eckig. Es hätte aus Fels gemeißelt sein können. Seine Augen waren blau und verrieten Intelligenz. Er rauchte gemütlich eine Pfeife, und die Ruhe, die er ausstrahlte, machte den ersten Eindruck, den man von ihm hatte, weicher.

Auch seine Stimme stand im Gegensatz zu seiner gestählten Erscheinung, sie war weich und freundlich.

»Willkommen in Kukabonga«, sagte der Mann. »Mein Name ist Jerry Fielding.«

»Cotton Hawes«, stellte sich der Detektiv vor. »Wie geht es Ihnen?«

Fielding öffnete nun auch die untere Hälfte der Tür, trat hinaus und streckte seine braungebrannte Hand aus. »Ich freue mich, Sie kennenzulernen«, sagte er.

Fieldings Blick blieb an der weißen Strähne in Hawes' rotem Haar hängen. »Ist das von einem Stromschlag?« erkundigte er sich.

»Nein«, antwortete Hawes, »von einer Messerstecherei. Das Haar ist weiß nachgewachsen.«

Fielding nickte. »Ein Mann hier bei uns ist vom Blitz getroffen worden, wie Ahab. Er hat auch so eine weiße Strähne. Wie ist denn das bei Ihnen passiert?«

»Ich bin Polizist«, sagte Hawes. Er wollte gerade in die Tasche fassen, um seine Marke hervorzuholen, aber Fielding meinte: »Das brauchen Sie nicht. Ich habe schon Ihre Schulterhalfter gesehen, als Sie die Treppe heraufkamen.«

Hawes lächelte. »Einen Mann wie Sie könnten wir brauchen. Kommen Sie hinunter in die Stadt.«

»Ich glaube, ich bleibe lieber hier. Wem sind Sie denn auf der Fährte?«

»Einem Geist«, antwortete Hawes.

»Nun, viele Geister werden Sie bei uns nicht finden«, meinte Fielding. »Kommen Sie herein. Mir hängt die Zunge aus dem Hals, aber ich hasse es, allein zu trinken. Oder sind Sie vielleicht Antialkoholiker?«

»Ich könnte jetzt sehr gut einen Schluck vertragen.«

»Na fein«, sagte Fielding, als sie zusammen ins Haus gingen. »Ich weiß, daß Polizisten im Dienst nicht trinken dürfen, aber ich sehe ja wohl nicht aus, als würde ich gleich einen Brief an Ihren Vorgesetzten schicken, oder?«

»Ich korrespondiere auch sehr selten mit ihm«, meinte Hawes und lächelte.

»Dachte ich mir fast.«

Im Haus dominierte ein großer, steinerner offener Feuerplatz. Links und rechts davon führten, genau wie draußen, zwei Treppen offensichtlich bis unter das Dach. Von der Halle gingen vier Türen ab. Eine davon war offen, und Hawes konnte in die Küche sehen.

»Was nehmen Sie?« erkundigte sich Fielding.

»Scotch pur.«

»Ich liebe es, wenn Männer ihren Whisky pur trinken«, sagte

Fielding lächelnd. »Es läßt darauf schließen, daß sie den Kaffee stark, aber die Frauen weich lieben. Habe ich recht?«

»Genau«, antwortete Hawes.

»Erzählen Sie mir von sich, Mr. Hawes«, bat Fielding. »Ich wette, Sie haben noch nie ein Tier erschossen oder einen Fisch geangelt, es sei denn, Sie waren hungrig.«

»Das ist wahr«, sagte Hawes.

»Haben Sie schon mal einen Menschen erschossen?«

»Nein.«

»Nicht mal im Dienst?«

»Nein.«

»Waren Sie im Krieg?«

»Ja.«

»An der Front?«

»Ja.«

»Und Sie haben nie einen erschossen?«

»Ich war bei der Marine«, sagte Hawes.

»Welchen Rang?«

»Erster Offizier.«

»Auf was für einem Kahn?«

»Auf einem Zerstörer.«

»Erster Offizier auf einem Zerstörer«, sagte Fielding. »Dann waren Sie ja praktisch der zweite Commander, nicht?«

»Praktisch ja«, antwortete Hawes. »Ich war die rechte Hand des Skippers. Waren Sie auch bei der Marine?«

»Nein, aber mein Vater. Er hat mir viel davon erzählt. Vater war Berufssoldat. Als er starb, war er Commander. Er hat auch dieses Jagdhaus gebaut. Immer, wenn er Urlaub hatte, kam er hierher. Er liebte dieses Haus. Ich schätze, ich liebe es ebenso.«

Fielding schwieg nachdenklich. »Vater ist in Norfolk hinter seinem Schreibtisch gestorben. Bestimmt wäre er lieber auf See oder hier in diesem Haus gestorben. Aber nein . . .«

»Gehört das Haus jetzt Ihnen?« fragte Hawes.

»Ja.«

»Ich glaube, ich bin hier falsch«, meinte Hawes.

Fielding sah auf. Er goß Whisky ein und reichte Hawes das Glas. »Wie meinen Sie das?« fragte er.

»Ich wußte nicht, daß es ein Privathaus ist. Ich nahm an, Sie nehmen auch Gäste auf.«

»Tu ich auch. Fünf zur gleichen Zeit höchstens. Davon lebe ich ja. Ich glaube, ich bin das, was man einen Nichtstuer nennt.«

»Aber jetzt haben Sie keine Gäste?«

»Nein. Diese Woche bin ich ganz allein. Darum freue ich mich ja so, daß Sie da sind.«

»Haben Sie das ganze Jahr über Betrieb?«

»Ja, ich habe immer geöffnet« antwortete Fielding. »Prost!«

»Prost!«

Sie tranken.

»Hatten Sie voriges Jahr am ersten September offen?«

»Ja, das Haus war sogar voll.«

Hawes stellte sein Glas auf den Tisch. »Hatten Sie einen Mann hier, der Sy Kramer hieß?«

»Ja.«

»Hat er gejagt?«

»Oh, sicher. Jeden Tag war er draußen. Alles mögliche hat er angebracht.«

»Wild auch?«

»Nein, das nicht, denn die Saison beginnt nicht vor Ende Oktober. Aber Krähen und anderes Kleinzeug. Ich glaube, er hat sogar mal einen Rotfuchs erwischt.«

»Hat er viel Geld ausgegeben, während er hier war, Mr. Fielding?«

»Wofür denn? In den Bergen hat man keine Gelegenheit dazu.«

»Hatte er viel Bargeld bei sich?«

»Wenn ja, dann hat er mir wenigstens nichts davon gesagt.«

»Kam er allein her?«

»Ja. Manchmal kommen meine Gäste zu zweit oder zu dritt. Es kommt auch vor, daß eine Gesellschaft von fünf Männern mein Haus mietet. Ich habe nämlich keinen Puff, Mr. Hawes. Ich nehme nur Männer, die wirklich zur Jagd kommen oder zum Fischen.

Ich habe meine kleine Hütte hinterm Haus. Manchmal kommen Mädchen zu mir, aber das ist völlig privat. Ich verstoße damit nicht gegen die Moral anderer, nur gegen meine eigene. Jeder Mann kann tun, was ihm verflixt noch mal Spaß macht. Aber wenn er zu mir kommt, soll er jagen oder fischen. Sich mit Weibern einlassen kann er woanders.«

»Dann ist Kramer also allein gekommen?«

»Alle kamen dieses Mal einzeln an. Das passiert nicht oft, aber damals war es so. Keiner der fünf kannte sich vorher, bis sie sich hier trafen.«

»Dann hatten Sie also fünf Gäste in der Woche, in der Kramer hier war?«

»Jawohl, und alle waren sie aus der Stadt. Nein, warten Sie mal, einer von ihnen kam am Mittwoch an und fuhr früher ab als die anderen. War ein guter Jäger, von dem ich jetzt spreche. Er hieß Phil Kettering. Er wollte gar nicht mehr weg. Ich erinnere mich an den Mittwoch, als er abfuhr. Er stand ganz früh auf, ging in den Wald und jagte noch ein bißchen, bevor er losfuhr. Er zahlte, nahm sein Gepäck und meinte, zum Mittagessen käme er gar nicht mehr zurück. Er wollte jede Minute noch im Wald ausnutzen. Wirklich, er war ein sehr guter Jäger.«

»Wie stand's mit den andern?«

»Kramer ging gerade noch, aber die andern ...« Fielding verdrehte die Augen.

»Nicht gut?«

»Sonntagsjäger, verstehen Sie? Sie traten sich gegenseitig auf die Füße. Sie waren alle Anfänger.«

»Junge Männer?«

»Zwei von ihnen, ja. Warten Sie mal, ob mir ihre Namen einfallen. Einer hatte einen ganz eigenartigen Namen, hörte sich ausländisch an. Eine Minute mal ... möchten Sie noch einen Schluck?«

»Nein, danke«, sagte Hawes.

»Bleiben Sie zum Abendessen?«

»Ich glaube nicht. Trotzdem vielen Dank.«

»Ich würde mich sehr freuen, wenn Sie blieben.«

»Ich muß wirklich in die Stadt zurück. Ich bin schon überfällig.«

»Na, wenn Sie sich's doch anders überlegen, nur heraus mit der Sprache. Macht überhaupt keine Umstände. Es ist verdammt einsam hier oben, wenn das Haus leer ist.

Also jetzt warten Sie mal. Die Namen dieser Burschen: José? Hieß er so? Irgend etwas Spanisches war es ... aber nur sein Vorname. Sein Familienname war hundertprozentig amerikanisch. Joaquim! Ja, so hieß er. Joaquim. Obwohl es mit J geschrieben wird, spricht man es Ho-ah-quim aus. Miller hieß er mit Nachnamen. Das ist 'ne Zusammensetzung, was?«

»Er war einer der jüngeren, stimmt's?«

»Ungefähr Anfang Dreißig. Verheiratet. Elektroingenieur, glaube ich. Oder Elektroneningenieur, eines von beiden. Seine Frau war nach Kalifornien zu ihrer Mutter gefahren. Er verstand sich offenbar nicht mit seiner Schwiegermutter, also kam er hierher, um zu jagen. Mein Gott! Er hätte in der Stadt bleiben sollen. Ich hatte das Gefühl, als machte er sich überhaupt nichts aus der Jagd. Er hat auch nichts gekriegt, außer einer Erkältung.«

»Und die anderen?«

»Der andere jüngere war ungefähr vierzig, zweiundvierzig. Der hat Geld gehabt, glaube ich. War Gesellschafter einer Werbeagentur. Ich hatte das Gefühl, als wenn er und seine Frau auf dem Weg zum Scheidungsrichter wären. Er machte den Eindruck, als wollte er nur eine Woche von ihr weg, sozusagen als letzte Prüfung.«

»Wie hieß er?«

»Frank ... Warten Sie mal ... Reuther ... nein. Ruther hieß er, ohne e. Frank Ruther, ja, so hieß er.«

»Und der alte Mann, was war mit ihm?«

»Über sechzig. Pensionierter Geschäftsmann. Ich glaube, der hatte schon alles hinter sich, Skifahren bis Wasserpolo. Nun wollte er es eben mal mit der Jagd versuchen. Das war vielleicht eine Woche, kann ich Ihnen sagen!«

»Wie meinen Sie das?«

»Ach, nichts weiter. Nur, Kettering hatte dieses Anfängergequatsche schon langsam satt. Kramer und er kamen ganz gut miteinander aus. Wissen Sie, Kramer hatte wenigstens eine Ahnung, um was es geht. Aber die andern! Na, ja. Nicht, daß sie nicht schießen konnten. Jeder Idiot kann eine Blechbüchse auf einem Staketenzaun treffen. Aber knallen und jagen sind eben zwei Paar Stiefel. Diese Männer waren keine Jäger.«

»Hat es Krach gegeben in dieser Woche?«

»Wie meinen Sie das, Krach?«

»Ich meine Streit oder Meinungsverschiedenheiten.«

»Ja, einmal. Kramer hatte eine Auseinandersetzung mit einem der andern.«

»Mit welchem?« fragte Hawes und rutschte auf seinem Stuhl vor.

»Mit Frank Ruther, dem Werbemann.«

»Weswegen?«

»Muscheln.«

»Was?«

»Ja, wegen Muscheln. Kramer sprach beim Abendessen davon, wie gut sie gedünstet schmecken. Ruther bat ihn, doch das Thema zu wechseln, weil ihm schlecht würde, wenn er nur an Muscheln denkt. Sie müssen bedenken, wir waren beim Essen. Nun, Kramer hörte einfach nicht auf. Er ließ sich ausführlich darüber aus, wie man die Muscheln vorbereitet, wie man sie serviert, und ich glaube, daß es Ruther tatsächlich schlecht geworden ist.«

»Und was geschah dann?«

»Er stand auf und brüllte: ›Wollen Sie nicht endlich Ihr verdammtes Maul halten?‹ Er war sowieso gereizt, entweder wegen der von mir angenommenen bevorstehenden Scheidung oder wegen etwas anderem. Na, jedenfalls war er sehr aufgebracht.«

»Haben sie sich geschlagen?«

»Nein. Kramer forderte Ruther auf, er solle sich, verdammt noch mal, zum Teufel scheren. Darauf verließ Ruther den Tisch.«

»Auf wessen Seite standen die andern?«

»Ja, das war eigentlich komisch. Ich sagte Ihnen doch, daß sich Kettering und Kramer sehr gut verstanden, aber an dem Abend fuhr er ihm ganz schön übers Maul. Er wurde stocksauer auf Kramer und meinte, man solle doch soviel Anstand haben, den Mund zu halten, wenn man schon sähe, daß einem andern von seinem Gerede schlecht wird. Kramer schnauzte Kettering an und schrie, er solle sich ebenfalls zum Teufel scheren.«

»Scheint ja ein liebenswerter Zeitgenosse gewesen zu sein, dieser Kramer.«

»Wenn Sie mich fragen, hat er genau gewußt, daß er im Unrecht war. Viele Männer schreien um so lauter, wenn sie das wissen.«

»Und was passierte weiter?« fragte Hawes.

»Kettering stand auf und sagte Kramer, er solle das draußen noch mal wiederholen. Die anderen Männer, Miller und der Alte, haben Kettering dann schließlich wieder beruhigt.«

»Glauben Sie, daß Kramer mit ihm rausgegangen wäre?«

»Sicher. Was hätte er sonst tun können? Aber ich war froh, daß Miller und der Alte sich eingeschaltet haben.«

»Wie hieß der Alte?«

»Murphy. John Murphy.«

»Er ist auch aus der Stadt, sagten Sie?«

»Sicher.« Fielding zögerte. »Eigentlich ist es mehr ein Vorort, aber der gehört auch noch zur Stadt, nicht wahr?«

»Um noch mal auf die Sache zwischen Kettering und Kramer zurückzukommen, schien Kettering sehr ärgerlich auf Kramer zu sein?«

»Sehr sogar. Es hielt bis zum nächsten Tag an. Nicht einmal verabschiedet hat er sich von ihm.«

»Und von den andern?«

»Ja, von denen und von mir schon.«

»Und was geschah dann?«

»Er stellte sein Gepäck in den Kofferraum und fuhr los. Er nahm den Weg um den See herum. Er wollte von dort aus später auf die Hauptstraße. Er frühstückte sehr zeitig an diesem Morgen. Die andern gingen erst etwa eine Stunde später als er hinaus.«

»Ging Kramer mit ihnen?«

»Nein. Er ging auch in den Wald, aber allein. Er war sehr wütend, denn er wußte, daß die andern alle auf Ruthers Seite waren. Jedenfalls blieben Miller, Ruther und Murphy zusammen, Kramer ging allein.«

»Können wir bitte noch mal von Kettering sprechen?«

»Aber sicher. Ich habe soviel Zeit, wie Sie wollen. Haben Sie inzwischen Ihre Meinung wegen des Abendessens nicht doch geändert?«

»Es tut mir wirklich leid, Mr. Fielding, aber ich kann nicht bleiben. Sagen Sie, hat Kettering Kramer in irgendeiner Weise bedroht?«

»Sie meinen ... sein Leben?«

»Ja.«

»Nein, das nicht. Warum?«

»Halten Sie es für möglich, daß Kettering seinen Zorn auf Kramer von September bis jetzt gepflegt hat?«

»Ich weiß nicht. Kettering war zwar verdammt wütend auf Kramer. Er hätte ihn auch sicher zusammengeschlagen, wenn Kramer damals mit hinausgegangen wäre.«

»War er wütend genug, um ihn umzubringen?«

Fielding überlegte kurz. »Kettering«, sagte er dann langsam, »war ein guter Jäger. Er liebte das Töten. Ich gehe da nicht konform mit ihm, aber das ändert nichts an der Tatsache, daß er ein guter Jäger war. Ist Kramer umgebracht worden?« fragte er plötzlich.

»Ja«, antwortete Hawes.

»Wann?«

»Am 21. Juni.«

»Und Sie glauben, daß Kettering die ganze Zeit gewartet hat, um sich wegen eines Streites im September zu rächen?«

»Ich weiß es nicht. Sie sagten, Kettering sei ein guter Jäger. Das sind geduldige Menschen, nicht wahr?«

»Das kann man von Kettering sagen, ja. Wie wurde Kramer getötet?«

»Er wurde von einem Auto aus erschossen.«

»Hm. Kettering war ein sehr guter Schütze. Ich weiß nicht ...«

»Ich auch nicht.« Hawes stand auf. »Vielen Dank für den Drink, Mr. Fielding, und vielen Dank für die interessante Unterhaltung. Sie haben mir wirklich sehr geholfen.«

»Es war mir ein Vergnügen«, antwortete Fielding. »Wohin fahren Sie jetzt?«

»Zurück in die Stadt.«

»Und dann?«

»Dann werde ich mit allen vier Männern sprechen, die zusammen mit Kramer im September hier waren. Es würde uns eine Menge Zeit sparen, wenn Sie zufällig noch ihre Adressen hätten.«

»Ich habe die Anmeldescheine«, sagte Fielding. »Und um sich zu denken, wen von den vieren Sie zuerst aufsuchen werden, braucht man auch nicht gerade Detektiv zu sein.«

»Nein?« fragte Hawes lächelnd.

»Nein, Sir. Wenn ich Phil Kettering hieße, würde ich sofort darangehen, mir ein verdammt gutes Alibi zu beschaffen.«

11

Sand's Spit war ein Vorort der City. Früher waren auf diesem Streifen Land nur zwei Sorten Menschen anzutreffen: da waren die Kartoffelbauern und die reichen Leute, deren Villen am Meeresufer standen.

Die Farmer beanspruchten das meiste Land der Halbinsel. Nur an den schönen Uferstellen machten sich die Villen breit.

Die Farmer arbeiteten, wie überall auf der Welt, während in den Villen rauschende Feste gefeiert wurden. Die Nächte der Bauern waren kurz, die der Reichen um so länger. Fast Tag und Nacht konnte man den Lärm ihrer Parties hören, zu denen sich die Stars der Musicals, der Stummfilme, die Produzenten, Regisseure, das Künstlervolk, Tennisspieler und sonstige Sportasse ein Stelldichein gaben.

Nur manchmal, wenn der Glutball der Sonne längst im dunklen Atlantik verschwunden war, wenn der Mond sein silbriges Licht über die Kartoffelfelder warf, dann kamen die Bauern zum Strand und legten sich auf eine Decke und beobachteten den Lauf der Sterne.

Auch die Reichen kamen, wenn sie von ihren ausgelassenen Tanzereien oder vom Alkohol müde waren, an den Strand. Sie jedoch hatten an den ewigen Sternen weniger Interesse, ihre Sternchen lagen unter ihnen.

Das alles war vor sehr langer Zeit. Als der Krieg ausbrach und man keine Leute mehr bekam, um einen Fünfundzwanzig-Zimmer-Haushalt zu führen, als es nicht mehr genügend Heizöl für so viele Räume gab, begannen die Besitzer, ihre Villen zu verkaufen. Aber sie mußten feststellen, daß es schwer war, einen Käufer zu finden.

Und kurz nach dem Kriege merkten die Farmer, daß ihr Land Gold wert war. Isadore Morris, ein cleverer Immobilienmakler, kaufte die ersten zweihunderttausend Morgen für ein Butterbrot und stampfte für die entlassenen Soldaten billige Siedlungshäuser aus dem Boden. Die Siedlung nannte er Morristown.

Isadore Morris hatte den Startschuß gegeben. Andere folgten seinem Beispiel. Land, das früher einmal rund fünfzig Dollar pro Morgen gekostet hatte, wurde jetzt schon mit über tausend Dollar gehandelt. Die Makler teilten die Villengrundstücke in kleinere Parzellen auf, und der Auszug aus der Großstadt nach Sand's Spit hatte seinen Anfang genommen.

Heute war Sand's Spit geteilt und nochmals geteilt und wiederum in kleinere Grundstücke geteilt, auf denen die Häuserchen standen. In der Gemeinde von Sand's Spit war der Mittelstand zu Hause. Hier gab es saubere Straßen und keine jugendlichen Verbrecherbanden.

Phil Kettering wohnte in Shorecrest Hills, wie ein Viertel auf Sand's Spit hieß. Es gab zwar keinen Strand, auch nicht die Andeutung eines Hügels, die diesen Namen gerechtfertigt hätten. Im Gegenteil, dieses Gebiet lag in der Mitte der Landzunge, die so flach wie ein Waschbrett war. Es war immer so gewesen, und außer ein paar Ahornbäumen gab es dort auch nicht viel Grünes. Shorecrest Hills! Einfach lächerlich, dieser Name.

Das Haus von Kettering war im Ranchstil gebaut. Jeder Texaner hätte zwar über die Bezeichnung Ranch geschmunzelt, aber irgendein Architekt, Bauherr oder Makler war auf den Gedanken gekommen, jedem Haus die Bezeichnung Ranch zu geben, das eigentlich nur ein Bungalow war. Diese Häuser hatten gewöhnlich drei Schlafzimmer, einen Wohnraum, eine Küche, einen Abstellraum und ein Bad.

Phil Kettering wohnte in einer solchen Sand's-Spit-Ranch allein. Um von seinen Nachbarn abzustechen, deren Häuser und Grundstücke sich wie ein Ei dem anderen glichen, hatte Phil Kettering eine radikale Änderung seines Vorgartens vorgenommen. Statt des konventionell gemähten Rasens hatte er vier große kiesumrandete Rechtecke mit den verschiedensten Pflanzen darin angelegt. Die Idee war sehr rationell, denn als Carella und Hawes in ihrem Polizeiwagen die Straße herunterkamen, kam aus allen Richtungen das Rattern der Rasenmäher.

Nicht so bei Kettering. Kies kann man nicht mähen, und Grünpflanzen brauchen keine große Pflege.

Kettering hatte sich erfolgreich um jede Gartenarbeit herumgedrückt. Er konnte sich seines Gartens wirklich erfreuen.

Am Donnerstagmorgen, dem 11. Juli, war Phil Kettering nicht zu Hause. Das Haus war verschlossen, die Vorhänge zugezogen, und die Fenster waren verriegelt.

»Er ist wahrscheinlich im Büro«, meinte Carella.

»Hm, kann sein«, antwortete Hawes.

Sie läuteten noch einmal. Gegenüber hielt eine Frau mit dem Rasenmähen inne und musterte die beiden Fremden.

»Versuchen wir's beim Hintereingang«, schlug Hawes vor.

Zusammen gingen sie um das Haus. Auch hinten bestand der Garten aus Kies und Grünpflanzen. Am rückwärtigen Eingang war ein Summer angebracht. Sie konnten das Summen drinnen hören, als sie auf den Knopf drückten. Aber auch hier öffnete niemand.

»Vielleicht sollten wir in sein Büro fahren«, schlug Carella vor.

»Wir wissen ja nicht, wo er arbeitet«, erinnerte ihn Hawes.

Langsam schlenderten sie wieder vor zur Straße. Die Frau von vis-à-vis stand jetzt neben dem Polizeiwagen und lauschte neugierig auf die Durchsagen, die aus dem Lautsprecher der Funkanlage kamen.

Als die beiden Männer auf sie zugingen, trat sie zurück.

»Sind Sie von der Polizei?« fragte sie.

»Ja«, antwortete Hawes.

»Suchen Sie Phil?«

»Ja.«

»Er ist nicht zu Hause.«

»Das wissen wir.«

»Er ist schon lange nicht zu Hause gewesen.«

»Wie lange?«

»Monate«, berichtete die Frau. »Wir glauben schon, er ist ausgezogen. Die ganze Nachbarschaft ist fest davon überzeugt, daß er das Haus verkaufen will. Er ist sowieso der einzige Junggeselle in der ganzen Siedlung. Wir sind alle verheiratet. Die Frauen interessieren sich zu sehr für einen Junggesellen. Es ist gut, daß er weg ist.«

»Was wollen Sie damit sagen?«

»Na, nachdem er so lange nicht mehr hier war, nehmen wir eben an, daß er ausgezogen ist.«

»Wann haben Sie ihn zum letztenmal gesehen?«

»Im Herbst.«

»Wann im Herbst?«

»Ich weiß es nicht mehr. Er kam und ging, wie es ihm gefiel. Fuhr zur Jagd. Phil ist ein leidenschaftlicher Jäger. An seiner Wand im Wohnzimmer hängen lauter Köpfe, ich meine natürlich Tierköpfe.« Sie nickte. »Er ist überhaupt durch und durch ein Sportsmann, jagen, Tennis und so. Er ist ein guter Tennisspieler.«

»Sie haben ihn also seit letzten Herbst nicht mehr gesehen?« fragte Carella.

»Nein.«

Er blickte Hawes an. »Stand sein Auto mal hier?« fragte er die Frau.

»Nein.«

»Ist das Haus seitdem verschlossen?«

»Ja.«

»War irgend jemand da, um es zu besichtigen?«

»Was meinen Sie?«
»Nun, Sie sagten, Sie glauben, es stände zum Verkauf.«
»Ach so. Nein, angesehen hat es sich niemand.«
»War ein Verkaufsschild angebracht worden?«
»Nein.«
»Wie kommen Sie dann darauf, daß es zu verkaufen ist?«
»Nun, weil Phil nicht mehr gekommen ist. Was würden Sie denn denken?«
»Ist es möglich, daß Mr. Kettering noch eine andere Wohnung hat, vielleicht in der Stadt?«
»Davon hat er nie etwas erwähnt.«
»War er früher schon mal so lange fort, ich meine, wenn er nicht auf der Jagd war?«
»Nein«, antwortete die Frau.
»Bei welcher Bank hat er seine Hypotheken aufgenommen?«
»Er hat keine.«
»Woher wissen Sie das?«
»Weil er es uns erzählt hat. Es gibt nur zwei Leute, die ihre Häuser hier in der Siedlung bar bezahlt haben. Phil und ein altes Ehepaar weiter unten in der Straße. Wir andern haben eine Anzahlung geleistet und zahlen monatlich ab. Nicht so Phil. Er hat die Achteinhalbtausend auf einmal hingelegt. Gleich, nachdem er aus der Armee entlassen wurde. Er kam mit einer Menge Geld aus Deutschland zurück.«
Sie sah die Detektive erwartungsvoll an, ob sie aufgefordert werden würde, noch mehr zu sagen.
»Wir vertreten die Zivilbehörden«, meinte Carella, »und haben keinen Einfluß auf Vergehen während der Militärzeit. Also hat er Eigentum der Armee auf dem schwarzen Markt verkauft?«
Die Frau nickte. »Zucker und Kaffee. Er war Küchenbulle. Ich glaube, er war Sergeant. Er hat immer mehr bestellt, als er brauchte, und es dann an die Deutschen verkauft. Er hat viel Geld damit verdient. Jedenfalls genug, um dieses Haus bar zu kaufen.«
»Wissen Sie das genau? Hat er wirklich keine Hypotheken drauf?«
»Bestimmt nicht.«
»Bei welcher Bank haben Sie Ihre Hypothek?«
»Bei der *Greater Sand's Spit Sparkasse*. Es gibt nur zwei Banken, bei denen man Hypotheken für diese Häuser aufnehmen

konnte. Meine und dann noch eine in Isola. Ich glaube, sie heißt *Bankers Trust.*«

»Wir werden es nachprüfen«, sagte Carella. »Schaust du mal nach, was im Briefkasten ist, Cotton?«

»Klar«, antwortete Hawes.

»Wie haben Sie ihn genannt«, erkundigte sich die Frau.

»Wen?«

»Na, den Rothaarigen, Ihren Kollegen.«

»Cotton.«

»Oh«, staunte die Frau.

»Wissen Sie zufällig, ob Kettering in der Stadt Verwandte hat?«

»Er kommt aus Kalifornien«, meinte sie. »Hier hat er sich erst nach dem Krieg niedergelassen, als er aus Deutschland zurückkam. Seine Eltern sind tot, und seine Schwester lebt in Kalifornien. Ich glaube, sie verstehen sich nicht miteinander.«

»Korrespondieren sie?«

»Ich weiß es nicht. Er redet nicht viel über sie.«

»Wie heißt sie?«

»Susie. Er hat sie nur einmal erwähnt. Er sagte, sie wäre eine ... nun ...« Die Frau zögerte. »... eine Hexe. Nur noch schlimmer, verstehen Sie?«

»Ja«, antwortete Carella. »Hatte Kettering Freundinnen?«

»Ja, hin und wieder brachte er welche mit. Nette Mädchen. Alle hier aus der Siedlung lagen ihm in den Ohren, doch zu heiraten. Sie wissen ja, wie das ist.« Die Frau hob die Schultern. »Elend will Elend sehen.«

Carella lächelte. »Wo arbeitet Kettering?«

»In der Stadt.«

»Wo?«

»Isola.«

»Was macht er?«

»Er ist selbständig«, sagte die Frau.

»Was ist er?«

»Fotograf.«

Carella schwieg einen Moment. »Industrieaufnahmen? Porträts? Was fotografiert er?«

»Ich glaube, für ein Magazin.«

»Wie konnte er denn als Fotograf im Krieg Küchenbulle sein?«

»Das weiß ich nicht. Und da hat er ja auch nur für Soldaten gekocht. Das ist doch etwas anderes. Mein Mann war auch bei den Soldaten. Haben Sie schon mal Kommißverpflegung gegessen?«

»Ja«, antwortete Carella.

»Na bitte. Außerdem glaube ich, daß Phil erst Fotograf wurde, nachdem er aus der Armee entlassen war.«

»Hat er ein großes Unternehmen?«

»Eigentlich nicht. Er kann aber gut davon leben.«

»Wissen Sie zufällig, wo sein Atelier ist?«

»Irgendwo in Isola. Es steht im Telefonbuch unter Phil Kettering.«

Hawes kam vom Briefkasten zurück. »Nichts drin, Steve«, sagte er.

»Steht irgendwo Milch?«

»Nein.«

»Die Milchlieferung für ihn hat schon lange aufgehört«, mischte sich die Frau wieder ein. »Ich habe nämlich die Firma angerufen und gesagt, daß die Flaschen sich auf der Veranda schon türmen.«

»Wann war das?«

»Im Herbst, im Oktober.«

»Erinnern Sie sich, ob Kettering Anfang September auf die Jagd ging?« fragte Hawes.

»Heißen Sie wirklich Cotton?«

»Ja.«

»Ach.«

»Erinnern Sie sich an den Jagdausflug?«

»Ja, er fuhr in die Adirondacks.«

»Und wann kam er von dort zurück?«

»Überhaupt nicht. Ich nehme an, daß er damals schon ausgezogen ist.«

»Er kehrte nach diesem Ausflug überhaupt nicht mehr in sein Haus zurück?«

»Wenn er hiergewesen ist, habe ich ihn jedenfalls nicht gesehen«, berichtete die Frau.

»Ist denn ein Möbelwagen gekommen?«

»Nein, die Möbel sind noch alle da.«

»Wer holt seine Post ab?«

»Das weiß ich nicht.«

»Aber der Briefkasten ist leer.«

»Vielleicht hat er eine Anschrift beim Postamt hinterlassen, wohin man ihm die Post nachschickt«, sagte die Frau.

»Kennen Sie die Namen seiner Freundinnen?«

»Eine hieß Alice. Ihr Familienname fällt mir momentan nicht mehr ein. Ein nettes Mädchen. Er hätte sie heiraten sollen, dann wäre er wenigstens nicht ständig unterwegs.«

Die Frau sah hinüber zu ihrem Haus. »Ich muß weitermähen«, sagte sie. »Hat Phil was angestellt?«

»Sie haben uns sehr geholfen, Mrs. . . .«

»Jennings«, antwortete sie. »Hat Phil was angestellt?«

»Können Sie uns bitte den Weg zum Postamt zeigen?« bat Carella.

»Sicher. Fahren Sie geradeaus weiter. Sie können es gar nicht verfehlen. Es liegt gleich rechts an der Hauptstraße. Hat Phil was ausgefressen?«

»Vielen Dank, Mrs. Jennings«, sagte Carella.

Beide Männer stiegen in ihren Wagen. Mrs. Jennings sah ihnen nach, als sie wegfuhren. Dann lief sie zu ihrer Nachbarin und erzählte, daß zwei Kriminalbeamte dagewesen wären und sich nach Phil Kettering erkundigt hätten. »Er muß was ausgefressen haben«, sagte sie zu ihrer Nachbarin.

Der Postbeamte war ein gequälter Mann, der versuchte, mit den Siedlungen, die wie die Pilze aus der Erde schossen, und mit der damit verbundenen Mehrarbeit Schritt zu halten.

»Wir haben gerade den letzten Siedlungsabschnitt in unserer Route aufgenommen, da ist schon der nächste fertig«, beklagte er sich. »Wo sollen wir die vielen Briefträger herbekommen? Wir leben hier nicht in der City, verstehen Sie? In der City wird ein Briefträger in einem Hochhaus die Hälfte seiner Post los, aber bei uns? Der Postbote muß die ganze Straße hinaufgehen und die Briefe in die Kästen werfen, er muß die einzelnen Privatwege benutzen. Auch die Briefkästen leert er. Und die Hälfte seiner Zeit muß er sich mit Hunden und Katzen herumärgern. Sie können es sich nicht vorstellen. In der Siedlung wohnt eine Frau, die hat sogar 'ne zahme Eule. Wie finden Sie das? Das verdammte Ding fliegt dem Postboten ständig auf den Kopf, sowie er sich bloß sehen läßt. Das ist mörderisch. Und jeden Tag schießt eine neue verflixte Siedlung aus dem Boden. Wir kommen einfach nicht mehr nach.«

»Bekommen Sie auch Post für einen gewissen Phil Kettering?« fragte Hawes.

»Ja!« Das Gesicht des Beamten erhellte sich. »Wollen Sie sie abholen? Hat er Sie geschickt, um seine Post zu holen?«

»Wir ...«

»Menschenskind, bin ich froh, daß Sie da sind«, rief der Postbeamte. »Die Sendungen für ihn stapeln sich schon bis zur Decke. Wir mußten aufhören, sie in seinen Briefkasten zu werfen, weil er voll war und alles wieder herausfiel. Schließlich brachten wir es wieder hierher zurück. Wir hatten gehofft, daß der dumme Hund uns eine Adresse zum Nachsenden angibt. Sie sollten sich den Stapel ansehen! Als wenn es nicht schon voll genug wäre bei uns. Müssen wir seine verdammte Post auch noch lagern. Wollen Sie sie holen?«

»Nein, aber wir möchten sie sehen.«

»Ich darf sie nicht herausgeben«, sagte der Beamte. »Alles ist an ihn adressiert, ich darf es niemand anderem aushändigen.«

»Wir sind von der Polizei«, sagte Carella und zeigte seine Marke.

»Das spielt gar keine Rolle«, sagte der Beamte. »Sie brauchen einen Gerichtsbeschluß, wenn Sie sie öffnen wollen.«

»Können wir sie wenigstens mal durchsehen?«

»Sicher. Damit haben Sie den ganzen Nachmittag zu tun. Das Zeug liegt hier seit September.«

»Wo?«

»Da drüben in Ketterings Ecke. So nennen wir sie schon. Wir müssen wegen seiner verdammten Post bald anbauen. Weshalb die Leute nicht eine Nachsendeanschrift dalassen? Das einfachste von der Welt. Man braucht nichts weiter zu tun, als eine kleine, verdammte Karte auszufüllen!«

»Vielleicht wollte Kettering, daß niemand weiß, wohin er gefahren ist«, versuchte Hawes den Mann zu beschwichtigen.

»Welchen Grund sollte er denn dafür haben?«

Hawes zuckte die Achseln und sagte: »Können wir jetzt bitte die Post sehen?«

»Klar. Kommen Sie mit.« Der Beamte schüttelte den Kopf. »Das ist Mord, absoluter Mord«, schimpfte er vor sich hin.

»Na, das wäre doch ein Grund, warum er keine Nachsendeanschrift angegeben hat, oder?« meinte Hawes.

»Hä?«

Das hatte der Beamte nicht mitgekriegt.

Zusammen machten sich Hawes und Carella über den Postberg her. Er bestand aus Postwurfsendungen, Rechnungen, Zeitschriften und Briefen. Der älteste Poststempel war der vom 29. August. Manche Briefe kamen von einem Mann namens Arthur Banks aus Los Angeles. Einige Privatbriefe stammten von einer Alice Lossing aus Isola. Sie schrieben sich ihre Adresse auf.

Ein Gerichtsbeschluß zur Herausgabe der Post schien jetzt nicht mehr nötig. Viel notwendiger war es, Phil Kettering in seinem Atelier in Isola aufzusuchen.

Die beiden Detektive bedankten sich bei dem Postbeamten und gingen wieder hinaus zu ihrem Wagen.

»Was hältst du davon?«

»Du glaubst doch nicht, daß er seit September einen Mord geplant hat, oder?« fragte Carella.

»Ich weiß nicht. Aber weshalb sollte er sonst verschwinden?«

»Vielleicht ist er gar nicht verschwunden, sondern hat nur seinen Wohnort gewechselt? Ich bezweifle nämlich, daß ein Mann seine Existenz aufgibt, nur weil er einen kleinen Streit beim Abendessen hatte. Das ist doch unwahrscheinlich, Cotton.«

»Es kommt drauf an, was für ein Mensch dieser Kettering ist. Ein geduldiger Jäger könnte so was tun. Alle Spuren hinter sich selbst zu verwischen und dann Kramers Tod zu planen. Wer weiß, Steve? Es hat schon Unglaublicheres gegeben, soviel steht fest.«

»Er ist Fotograf. Das ist interessant, nicht wahr?«

»Denkst du an die Mencken?«

»Ja.«

»Aber der Mann, der sie fotografierte, hieß Jason Poole.«

»Das schon, aber sie glaubt, die Fotos seien jetzt in den Händen von jemand anderem, jemandem, der vielleicht Kramers Erpressungen weiterführt.«

»Kettering?«

»Wer weiß. Ich kann dir nur eins sagen . . .«

»Was?«

»Ich bin sehr gespannt darauf, mit diesem Burschen zu reden. Ich glaube, er wird Antworten auf eine Menge Fragen haben.«

Hawes nickte. »Das hat nur einen Haken, Steve«, meinte er.

»Und welchen?«

»Zuerst müssen wir ihn finden.«

12

Phil Ketterings Atelier lag in einer Seitenstraße im Zentrum Isolas, ganz in der Nähe der Jefferson Avenue. Im gleichen Gebäude lagen die Geschäftsräume einer Anzahl großer und wohlhabender Firmen. Phil Kettering gehörte nicht zu ihnen.

Sein Büro lag am Ende eines Korridors im zweiten Stock, und auf einer Milchglasscheibe stand sein Name. Darunter prangte in großen Buchstaben das Wort FOTOGRAF.

Die Tür war verschlossen.

Carella und Hawes suchten den Hausmeister und baten ihn, das Büro zu öffnen. Dazu brauchte der Mann die Genehmigung des Hausverwalters, und es dauerte eine dreiviertel Stunde, bis die beiden Detektive endlich hineinkonnten.

Das Büro war in drei Räume aufgeteilt. Es gab einen kleinen Raum mit einem Schreibtisch und einem Aktenschrank. Das nächste Zimmer diente Kettering offenbar als Atelier. Dahinter lag eine Dunkelkammer. Alles in allem sah es hier nicht gerade nach Erfolg aus. Aber es war blitzsauber. Jeden Abend kamen die Putzfrauen des Gebäudes, leerten die Papierkörbe aus und wischten den Staub von den Möbeln.

Falls Kettering in letzter Zeit hiergewesen war, konnte man es nicht feststellen. Die Putzteufel hatten alles weggewischt.

Innen, unter dem Briefschlitz, lag ein Haufen Post. Unter anderem Postformulare, durch die Kettering benachrichtigt wurde, daß einige Päckchen auf dem Postamt zur Abholung bereitlägen.

Als der Hausmeister gegangen war, öffneten Carella und Hawes unerlaubterweise Ketterings Briefe. Es war nichts von Bedeutung dabei. Alles war Geschäftspost. Auch ein großes braunes Kuvert enthielt lediglich ein paar Fotos, die eine Illustrierte zurückgeschickt hatte. Es handelte sich nicht um Pin-up-Fotos. Auch keiner der Briefe an Kettering ließ darauf schließen, daß er derartige Fotos machte.

Kettering fotografierte vielmehr eine Serie unter dem Titel DO IT YOURSELF. Die meisten Fotos waren für Soldatenzeitschriften bestimmt und beschäftigten sich mit der Frage: Wie hänge ich eine Hängematte auf? oder Wie erneuere ich meinen alten Tisch?

Schritt für Schritt wurde auf Ketterings Fotos gezeigt, wie man es macht. Nein, im Augenblick sah es nicht so aus, als gäbe es zwischen Kettering und Lucy Mencken eine Verbindung.

In dem kleinsten der drei Räume fanden sie im Schreibtisch einige bereits geöffnete Briefe. Sie datierten von der zweiten Augusthälfte. Keiner von ihnen schien beantwortet worden zu sein. Offenbar hatte Kettering diese Post kurz vor seinem Ausflug in die Adirondacks geöffnet. Unter den Briefen, die Carella und Hawes geöffnet hatten, waren Anfragen, warum Briefe vom vergangenen August noch nicht beantwortet worden seien.

Im Atelier stand eine Werkbank, darauf lagen ein Anstreicherpinsel, durch dessen Stiel ein Loch gebohrt war, ein langes Stück starker Draht und eine leere Konservendose. Die Kamera war zur Aufnahme vorbereitet.

In der Dunkelkammer hingen Negative und Abzüge der ersten Bilder dieser Bastelserie. Es sollte gezeigt werden, wie man einen Pinsel aufhebt, indem man ein Loch durch den Stiel bohrt, den steifen Draht durchsteckt und den Pinsel in eine leere Konservenbüchse hängt, so daß die Borsten nicht niedergedrückt werden. Diese Arbeit war nicht beendet worden. Offensichtlich hatte Kettering seinen Jagdausflug für wichtiger gehalten. Ebenso offensichtlich war Kettering seit vergangenem August nicht mehr in sein Atelier gekommen.

Da es für Carella und Hawes hier nichts mehr von Interesse gab, gingen sie hinunter, um mit dem Hausverwalter zu sprechen.

Er war ein gepflegter Mann Anfang Dreißig. Er schien ausgeglichen und ruhig zu sein und hieß Colton.

»Ich werde ihn rausschmeißen«, sagte er. »Zum Teufel, er hat schließlich all die Monate keine Miete gezahlt. Ich muß ihn an die frische Luft setzen, es bleibt mir nichts anderes übrig.«

»Das hört sich an, als würden Sie es nicht gern tun«, meinte Carella.

»Tu ich auch nicht. Phil ist ein netter Kerl. Weiß Gott, ich setze ihn nicht gern auf die Straße, aber was soll ich machen? Die Hauseigentümer wollen Geld sehen. Er ist einfach abgehauen. Ist das anständig?«

»Woher wissen Sie, daß er abgehauen ist?«

»Na, er ist doch nicht mehr hier, oder? Ich muß ihn rausschmeißen. Wir werden ihm eine letztmalige Zahlungsaufforderung zustellen. Ich habe schon mit dem Anwalt der Hauseigentümer gesprochen.«

»Werden Sie ihn wegen seiner inzwischen aufgelaufenen Mietschulden verklagen?«

»Das weiß ich noch nicht.«

»Hat Kettering angedeutet, daß er wegfahren will«, fragte Hawes.

»Überhaupt nicht. Wie finden Sie das? Verläßt die Stadt und hat nicht mal soviel Anstand, mir zu sagen, daß er das Büro nicht mehr braucht. Wovor versteckt er sich? Vor der Polizei? Versteckt er sich vor Ihnen? Plant er einen Bankraub oder so was? Weshalb verläßt ein Mann so plötzlich die Stadt, das möchte ich gern wissen.«

Carella und Hawes nickten fast gleichzeitig. »Das möchten wir auch gern wissen«, meinte Carella.

Sie bedankten sich und verließen das Büro. Im Moment gab es nichts weiter zu tun, als die andern Männer zu verhören, die bei diesem Jagdausflug dabei waren.

Die Werbeagentur nannte sich Ruther & Smith Company. Es war ein mittlerer Betrieb mit zwanzig Angestellten. Frank Ruther war Teilhaber der Firma.

»Ich würde lieber Bücher schreiben«, erzählte er Hawes. »Die Schwierigkeit ist nur die, ich kann es nicht.«

Ruther war ein Mann Anfang Vierzig mit dunklem Haar und braunen Augen. Er war nicht so angezogen, wie man sich einen Werbefachmann aus der Jefferson Avenue vorstellt. Er kleidete sich wie ein Schriftsteller: Tweedjacke, pastellfarbenes Hemd, einfacher Binder, dunkle Flanellhosen, und er rauchte Pfeife.

Ruther hatte Hawes höflich und freundlich begrüßt und setzte sich nun wieder in seinem geschmackvoll eingerichteten Büro hin, bot Kaffee an, erzählte und rauchte.

»Mein Großvater«, begann er, »verdiente einen Batzen Geld damit, daß er Töpfe verkaufte. Er reiste von Stadt zu Stadt und brachte seine Ware an den Mann. Sehr bald schon konnte er sich leisten, Leute anzustellen, die für ihn reisten. Er hinterließ meinem Vater ein Vermögen.«

»Was machte Ihr Vater?« fragte Hawes.

»Er machte aus seiner Erbschaft noch mehr Geld. Vater war ein Hundenarr. Er begann, französische Pudel zu importieren. Es hört sich nicht an, als ob man damit viel Geld verdienen kann, aber er hatte die größte Zucht in Sand's Spit. Rassehunde, Mr. Hawes. Und mein Daddy war ein ausgekochter Geschäftsmann. Als er starb, erbte ich das Geld, das zwei Generationen der Ruthers zusammengetragen hatten.«

»Und was taten Sie damit?«

»Ich wollte Schriftsteller werden. Ich schrieb ein Dutzend Romane, die alle im Papierkorb landeten. Aber ich lebte auf großem Fuß. Zu Vaters Lebzeiten hatte ich auch immer viel Geld, und ich sah keinen Grund, mich einzuschränken, als er starb. Ich habe allerhand Geld verschleudert. In weniger als zwanzig Jahren habe ich fast das gesamte Vermögen, das zwei Generationen angesammelt haben, unter die Leute gebracht.

Als ich noch ungefähr fünfzehntausend Dollar übrig hatte, hörte ich auf, Romane zu schreiben, und gründete zusammen mit Jeff Smith diese Firma. Sie fängt jetzt an, Gewinne abzuwerfen. Ich habe endlich das Gefühl, etwas erreicht zu haben. Es ist traurig für einen Mann, Mr. Hawes, immer das Gefühl zu haben, man hat es zu nichts gebracht.«

»Das kann ich mir gut vorstellen«, sagte Hawes.

»Ein guter Journalist könnte die Geschichte meiner Familie mit drei Wörtern beschreiben. Zumindest die Geschichte bis zu dem Zeitpunkt, als ich diese Firma gegründet habe.«

»Und wie heißen diese drei Wörter?« erkundigte sich Hawes höflich.

»Mein Großvater, mein Vater und ich«, antwortete Ruther. »Drei Generationen und drei Berufe. Und die drei Wörter? Hausierer, Hundezüchter, Hanswurst. Der Hanswurst war ich.«

Hawes mußte lächeln. Er hatte zwar das Gefühl, als habe Ruther diese drei Wörter schon oft zitiert und als käme seine zur Schau gestellte Originalität gar nicht so spontan. Trotzdem gefiel es ihm, und er lachte.

»Jetzt bin ich kein Hanswurst mehr, Mr. Hawes«, fuhr Ruther fort. »Ich mache die Texte in meiner eigenen Firma. Verdammt gute Texte mache ich. Sie verkaufen das Produkt. Jeff und ich verdienen jetzt endlich Geld. Kein Geld, das ich geerbt habe, sondern für das ich arbeite, verdammt hart arbeite. Das ist ein schönes Gefühl, wissen Sie. Es ist ein großer Unterschied zwischen einem Hanswurst und einem Mann.«

»Ich verstehe«, sagte Hawes.

»Es tut mir leid«, sagte Ruther höflich. »Ich hatte nicht vor, Ihre Zeit mit meiner Familiengeschichte in Anspruch zu nehmen.«

»Es war sehr interessant.«

»Aber weshalb sind Sie hier?«

»Was wissen Sie über Phil Kettering?«

»Kettering?« Ruther hob fragend die Augenbrauen. Erstaunt sah er auf Hawes. »Es tut mir leid«, sagte er, »aber ich fürchte, ich kann Ihnen da nicht helfen.«

»Phil Kettering«, wiederholte Hawes.

»Sollte ich ihn kennen?«

»Ja.«

Ruther lächelte. »Könnten Sie mir ein bißchen nachhelfen?«

»Kukabonga Lodge«, sagte Hawes.

»Ach ja! Verflixt noch mal, natürlich! Entschuldigen Sie bitte, aber ich behalte Namen so schlecht. Besonders in der Zeit ... nun, ich lief herum wie im Nebel. Ich fürchte, daß mich damals überhaupt nichts beeindrucken konnte.«

»Was heißt Nebel?«

»Meine Frau und ich hatten Meinungsverschiedenheiten.«

»Welcher Art?«

»Persönliche Dinge. Wir haben schon von Scheidung gesprochen.«

»Und? Haben Sie sich scheiden lassen?«

»Nein. Wir haben uns ausgesprochen. Es ist wieder alles in Ordnung.«

»Also um auf Kettering zurückzukommen: wann verließ er Kukabonga?«

»Ganz früh morgens. Ich habe vergessen, am wievielten es war. Er wollte noch jagen, bevor er sich auf die Heimfahrt machte. Er frühstückte und fuhr los.«

»War er allein?«

»Ja.«

»Und dann?«

»Nun, wir frühstückten auch und gingen ebenfalls in den Wald.«

»Wer?«

»Ich und noch zwei andere Männer. Ich kann mich nicht an ihre Namen erinnern.«

»Aber es waren doch drei Männer dort, nicht wahr?«

»Sie meinen Kramer? Ja, er war der dritte. Aber er ging nicht mit uns an diesem Morgen.«

»Weshalb nicht?«

»Ich hatte am Abend vorher einen Streit mit ihm.«

»Weswegen?«

»Wegen Muscheln.«

»An Kramers Namen erinnern Sie sich. Wieso gerade an seinen?«

»Weil wir uns gestritten haben.«

»Haben Sie in letzter Zeit etwas über ihn in den Zeitungen gelesen?«

»Nein. Warum?«

»Er ist tot.«

Ruther schwieg einen Moment, dann sagte er: »Es tut mir leid, das zu hören.«

»Tatsächlich?«

»Ja. Wir hatten Streit, das stimmt. Aber erstens ist es eine ganze Weile her, und zweitens war ich wahrscheinlich auch ein bißchen empfindlicher als sonst. Wissen Sie, wegen der Mißverständnisse mit meiner Frau. Ich hätte ihm gewiß nicht den Tod gewünscht.« Ruther schwieg wieder einen Augenblick, dann fragte er: »Wie starb er denn?«

»An einer Kugel.«

»Sie meinen, er hatte einen Unfall?«

»Nein, es war Absicht.«

»Oh.«

Ruther überlegte.

»Wollen Sie damit sagen, er wurde ermordet?«

»Genau das meine ich.«

»Wer war es denn?«

»Das wissen wir noch nicht. Haben Sie Kettering seit damals wiedergesehen?«

»Nein. Weshalb auch? Er war ja ein Fremder. Ich traf ihn nur zufällig in diesem Jagdhaus.«

»Dann wissen Sie auch nicht, wo er jetzt ist?«

»Nein, natürlich nicht. Hat er was mit Kramers Tod zu tun?«

»Wir haben gehört, daß er auf Ihrer Seite war, als Sie mit Kramer stritten, und daß die beiden sich fast geschlagen hätten.«

»Ja, das stimmt. Aber das ist lange her. Sie glauben doch nicht, daß er seinen Groll so lange mit sich herumgetragen hat?«

»Wir wissen nicht, was wir glauben sollen, Mr. Ruther. Können Sie sich an die Namen der beiden Männer erinnern, die mit Ihnen im Kukabonga waren?«

»Nein, leider nicht. Einer von ihnen hatte einen sehr komischen Namen, aber es fällt mir nicht ein.«

»Ich verstehe. Wann fuhren Sie wieder nach Hause?«

»An einem Sonnabend, glaube ich.«

»Wissen Sie noch das Datum?«

»Es war der 8. oder 9. September.«

»Und Kramer?«

»Am gleichen Tag, nehme ich an.«

»Und die anderen?«

»Wenn ich mich recht erinnere, sind wir alle am selben Tag abgereist. Wir wollten nur eine Woche bleiben. Wissen Sie, Mr. Hawes, mir ist das alles sehr undeutlich in Erinnerung, denn ich habe mir damals mehr Sorgen um meine Frau als um die Jagd gemacht. Das einzige, was ich in der ganzen Zeit überhaupt geschossen habe, war eine Krähe.«

»Hat Kettering Kramers Leben bedroht?«

»Nein. Er forderte ihn nur auf, mit hinauszugehen. Das war alles.«

»Schien er sehr wütend zu sein?«

»Ja.«

»Wütend genug, um zu töten?«

»Ich weiß nicht recht.«

»Hmm.«

»Glauben Sie, daß Kramer von Kettering umgebracht wurde?«

»Wir sind nicht sicher, Mr. Ruther. Aber er scheint ein Motiv zu haben, und er ist verschwunden. Dann gibt es noch eine andere Sache.«

»Was denn?«

»Wir wissen, daß Kramer mit einem Jagdgewehr ermordet wurde, und wir haben erfahren, daß Kettering ein sehr guter Jäger war.«

»Es gibt sicher Hunderte von Männern mit einem Jagdgewehr in dieser Stadt. Ich selber habe auch eins.«

»Tatsächlich, Mr. Ruther?« fragte Hawes.

Ruther lächelte. »Oder hätte ich das nicht sagen sollen?«

»Was für ein Gewehr besitzen Sie?«

»Ein Marlin. Zweiundzwanziger Kaliber, achtschüssig.«

Hawes nickte. »Kramer wurde mit einer dreihunderter Savage erschossen.«

»Möchten Sie mein Gewehr sehen?« fragte Ruther.

»Das ist nicht nötig.«

»Woher wissen Sie, daß ich nicht lüge? Ich könnte auch zwei Gewehre besitzen.«

»Das weiß ich. Aber wenn Sie Kramer erschossen hätten, wäre die Mordwaffe wahrscheinlich längst in ihre Bestandteile zerlegt und vergraben worden.«

»Da haben Sie recht«, sagte Ruther. »Daran habe ich nicht gedacht.«

Hawes erhob sich. »Wenn Ihnen zufällig die Namen der beiden anderen Männer wieder einfallen sollten, rufen Sie mich an, ja? Hier ist meine Karte.« Er nahm eine Visitenkarte aus der Brieftasche und legte sie vor Ruther auf den Schreibtisch.

Ruther betrachtete die kleine Karte nachdenklich. Plötzlich sagte er: »Sie wußten über den Streit zwischen Kramer und mir Bescheid. Sie wußten, wo wir waren, und Sie kannten Ketterings und meinen Namen.« Er lächelte. »Sie waren in Kukabonga, nicht wahr?«

»Ja.«

»Und Sie sprachen mit Fielding, hab' ich recht?«

»Ja.«

»Dann wissen Sie die Namen der beiden anderen Männer auch schon, stimmt's?«

»Ja, Mr. Ruther«, antwortete Hawes. »Ich kenne ihre Namen bereits.«

»Weshalb haben Sie mich dann gefragt?«

Hawes zuckte die Achseln. »Reine Routine«, sagte er.

»Glauben Sie, daß ich etwas mit Kramers Tod zu tun habe?«

»Haben Sie was damit zu tun?«

»Nein«, antwortete Ruther.

Hawes lächelte. »Dann gibt es auch nichts, worüber Sie sich Sorgen machen müßten, Mr. Ruther.«

Er wandte sich zum Gehen.

»Einen Augenblick noch, Mr. Hawes«, rief Ruther. Ein neuer

Ton lag in seiner Stimme, der Hawes überraschte. Er drehte sich um. Ruther war aufgestanden und kam um seinen Schreibtisch herum.

»Was ist, Mr. Ruther?«

»Ich lasse mich nicht gern lächerlich machen«, sagte Ruther, und seine dunklen Augen funkelten. Seine Lippen waren zusammengepreßt.

»Hat Sie jemand lächerlich gemacht?«

»Sie wußten über die beiden anderen Bescheid. Wollten Sie versuchen, mir eine Falle zu stellen?«

»Eine Falle?«

Die Atmosphäre in Ruthers Büro war gespannt. Einen Augenblick war Hawes verwirrt. Das Verhör war so glatt verlaufen. Und jetzt hatte sich alles geändert. In Ruthers Gesicht stand offene Feindschaft. Man konnte den Eindruck gewinnen, als wolle er jeden Moment Hawes an die Kehle springen.

»Mir eine Falle stellen, damit ich etwas sage, was nicht mit Ihren halbseidenen Theorien zusammenpaßt!«

»Ich habe keine Theorien«, sagte Hawes kühl. Unbewußt ballte er die Fäuste. Er war gefaßt, daß Ruther gegen ihn ausholen würde, und wollte bereit sein.

»Weshalb haben Sie dann versucht, mir eine Falle zu stellen?«

»Das habe ich nicht, Mr. Ruther«, sagte Hawes. »Sie sollten sich etwas merken, was jeder Kaufmann schon als Stift lernt.«

»Und das wäre?«

»Wie man am besten aufhört, bevor die Glückssträhne zu Ende ist.«

Ruthers Gesicht war völlig ausdruckslos. Einen Augenblick schien er unentschlossen. Dann lächelte er.

»Verzeihen Sie mir«, sagte er leise. »Es ist nur ... nun, ich habe gedacht, Sie wollten mich zum Narren halten.«

»Vergessen wir's«, schlug Hawes vor.

»Ja, gut.« Ruther streckte die Hand aus. »Vergessen wir es beide!«

13

John Murphy sah aus wie ein bengalischer Lanzenreiter. Er hatte einen kahlen Schädel, einen weißen Schnurrbart, blühende

Gesichtsfarbe und einen Schmerbauch. Er wirkte wie ein pensionierter Colonel, der gerade von irgendeinem Fleck des britischen Empires zurückgekommen war.

Murphy war jedoch kein Colonel, sondern Börsenmakler, der sich zur Ruhe gesetzt hatte und seine Zeit damit verbrachte, die Wände seines alten Hauses in New Posquit, einem Vorort der Stadt, mit Coupons zu bekleben.

New Posquit war nicht Sand's Spit. Es war genau das Gegenteil davon. Die Häuser hier standen nicht so eng beieinander und waren auch nicht so neu.

Murphys Haus stand auf einem rund fünftausend Quadratmeter großen Grundstück, das mit schönen Bäumen bepflanzt war. Er war kein Millionär, aber ehe er nach Sand's Spit gezogen wäre, hätte er sich einen Iglu in Alaska gebaut. New Posquit hatte Golf-, Tennis- und Jachtklubs. John Murphy war Mitglied bei allen. Vielleicht deswegen, weil er sich zur Ruhe gesetzt hatte und sonst nichts mit seiner Zeit anzufangen wußte. Vielleicht aber auch deswegen, weil er ein nervöser Mensch war, der nicht einmal ein Glas mit Gin und Tonic in der Hand halten konnte, ohne daß das Glas zitterte.

Vielleicht aber war er nur deswegen so nervös, weil er von einem Detektiv verhört wurde?

Als Steve Carella ihm an diesem Nachmittag gegenübersaß und das Zittern der Hände des alten Mannes bemerkte, machte er sich Gedanken darüber, wie er es wohl angestellt hatte, bei der Jagd auch nur einen Baum zu treffen.

Carella hatte einen Block auf den Knien und versuchte, sich Notizen zu machen, und zwar so beiläufig wie möglich. Viele Menschen hinderte nämlich die Notizenmacherei daran, frei zu sprechen. Er hatte oft genug erlebt, daß Leute dabei entsetzlich nervös wurden.

»Sie wohnen hier mit Ihrer Familie?« fragte Carella.

»Ja, das stimmt«, antwortete Murphy.

»Seit wann haben Sie sich zur Ruhe gesetzt, Mr. Murphy?«

»Im letzten Monat waren es elf Jahre. Ich hörte auf, als ich fünfzig war. Jetzt bin ich einundsechzig.«

»Was fangen Sie mit Ihrer Zeit an?«

»Ach, ich habe viel zu tun.«

»Zum Beispiel?«

»Golf spielen, fischen, jagen.« Murphy hob die Schultern. »Ich besitze einen Sportwagen. Letztes Jahr fuhr ich Rennen. Ich bin ein sehr guter Fahrer.«

»Was für einen Wagen haben Sie denn?«

»Einen Porsche.«

»Gewannen Sie das Rennen?«

»Ich fuhr zwei. Bei einem wurde ich Vierter, bei einem andern Zweiter.«

»Allerhand«, staunte Carella. »Dann sind Sie wirklich ein guter Fahrer.«

»Sage ich doch. Soll ich Ihnen noch mal einschenken?«

»Nein, danke. Sind Sie auch ein guter Jäger?«

»Miserabel«, antwortete Murphy ehrlich. »Meine Hände sind nicht ruhig. Ich habe von meiner Nervosität Magengeschwüre bekommen.« Er streckte seine Hände aus. »Sehen Sie sich das an«, forderte er Carella auf.

»Mmm«, machte Carella. »Sagen Sie, Mr. Murphy, können Sie mir etwas über einen Jagdausflug erzählen, den Sie im letzten Herbst machten? Die Fahrt zum Kukabonga-Jagdhaus meine ich.«

»Gewiß.«

Er begann die Geschichte zu erzählen. Carella stellte Fragen und machte sich laufend Notizen. Murphy berichtete über die Sache mit den Muscheln und dem sich daraus ergebenden Streit zwischen Kettering und Kramer.

Sein Gedächtnis war außergewöhnlich gut. Er wußte auch noch die Namen aller Männer, Details ihrer Kleidung und ahmte zum Teil ihre Stimmen nach. Er sagte ungefähr das gleiche, was Jerry Fielding Cotton Hawes erzählt hatte.

Als Carella später seine Notizen mit denen von Hawes verglich, sahen sie, daß die Aussagen auch mit der Frank Ruthers übereinstimmten.

»Haben Sie Kettering seit diesem Morgen noch einmal gesehen?« fragte Carella.

»Nein.«

»Waren Sie seitdem wieder auf der Jagd?«

»Nein.«

»Was haben Sie für Gewehre, Mr Murphy?«

»Ich besitze drei. Eine Schrotflinte, einen Zweiundzwanziger und eine Büchse für Großwild.«

»Was für ein Fabrikat ist die Großwildbüchse?«
»Eine Savage.«
»Kaliber?«
»Dreihundert.«
»Darf ich sie sehen?«
»Warum?«
»Ich möchte es gern«, antwortete Carella. »Und außerdem will ich sie mitnehmen.«
»Wozu?«
»Um sie der Schußwaffen-Abteilung zu geben.«
»Warum?«
»Sy Kramer wurde mit einer dreihunderter Savage getötet.«
»Ich habe es in der Zeitung gelesen«, sagte Murphy. »Sind Sie deswegen hier?«
»Ja.«
»Sie glauben, ich hätte ihn erschossen?«
»Das habe ich nicht gesagt, Mr. Murphy.«
»Ich würde einen Grizzlybär nicht auf zehn Schritt treffen, und Sie glauben, ich hätte Kramer aus einem Auto in einer regennassen Nacht getroffen.«
»Das habe ich ja nicht behauptet, Mr. Murphy. Trotzdem möchte ich Ihr Gewehr von den Ballistikern überprüfen lassen, wenn Sie nichts dagegen haben.«
»Können Sie nicht einfach am Lauf riechen und feststellen, ob es in letzter Zeit abgefeuert wurde?«
Carella lächelte. »Wir hätten es schon gern etwas präziser gewußt, Mr. Murphy. Wir möchten einen Vergleichstest zwischen einer Kugel aus Ihrem Gewehr und der Kugel, die Kramer tötete, machen.«
»Also gut«, brummte Murphy widerwillig.
»Ich werde Ihnen eine Empfangsbestätigung für das Gewehr ausstellen«, sagte Carella. »Sie werden die Waffe in gutem Zustand zurückerhalten.«
»Guter Zustand ist nicht genug«, polterte der Alte. »Ich übergebe es Ihnen in einem ausgezeichneten Zustand.«
»Sie werden es genauso zurückerhalten«, antwortete Carella lächelnd.
»Okay. Sie ist draußen im Waffenregal.«
Zusammen gingen sie hinaus. Als Murphy die Savage herunter-

genommen hatte, wandte er sich an Carella: »Ein gutes Gewehr«, sagte er.

»Ja«, gab Carella zu. »Sehr gut.«

»Damit können Sie einen Elefanten erledigen.«

Unbeabsichtigt hatte er den Lauf auf Carella gerichtet.

»Ach ... würde es Ihnen etwas ausmachen, den Lauf etwas zu senken?«

»Weshalb?«

»Mir ist beigebracht worden, daß man den Lauf nie auf jemand richten soll, wenn man nicht vorhat, ihn zu erschießen.«

Einen Moment war es still im Zimmer. Murphy starrte Carella an. Sein Finger lag am Abzug, seine Hand zitterte.

»Mr. Murphy«, sagte Carella. »Ich bitte Sie ...«

»Sie glauben doch nicht etwa, daß ich Sie erschieße?« fragte Murphy mit ernstem Gesicht.

»Nein, aber ...«

»Ich meine, selbst wenn es das Gewehr wäre, mit dem Kramer getötet wurde, glauben Sie doch wohl nicht, daß ich so dumm wäre, Sie hier in meinem eignen Haus zu erschießen?«

»Wenn Sie also nicht vorhaben, mich zu erschießen«, sagte Carella, »dann legen Sie bitte das Gewehr weg.«

»Mr. Carella«, sagte Murphy jetzt lächelnd, »ich glaube, ich habe Sie einen Augenblick lang nervös gemacht.« Er schwieg. »Das Gewehr ist nicht geladen.« Er überreichte es Carella. »Außerdem ist es nicht die Mordwaffe.«

»Es freut mich, diese beiden Tatsachen zu hören. Würden Sie mir bitte etwas Munition für die Tests mitgeben?«

»Gewiß«, erwiderte Murphy und öffnete eine Schublade unter dem Waffenregal. »Ich habe ein paar volle Magazine hier. Reicht das?«

»Ja, fein«, meinte Carella.

Murphy kramte in der Schublade. »Im Nebenraum steht ein Billard«, sagte er. »Spielen Sie Billard?«

»Ja.«

»Möchten Sie ein Spielchen machen?«

»Nein.«

»Gott sei Dank«, meinte Murphy und schloß die Schublade, gab Carella einen Ladestreifen mit Patronen. »Ich bin nämlich auch ein miserabler Billardspieler. Meine Hände, wissen Sie, ich bin zu nervös.«

Steve Carella mußte wieder an die zitternden Finger am Abzug der Savage denken.

Cotton Hawes hatte keine Ahnung, daß er an diesem Abend verfolgt wurde. Erst als er die Wohnung von Joaquim Miller verlassen hatte, merkte er es endlich und reagierte blitzschnell. Bis dahin war er die Ahnungslosigkeit in Person gewesen.

Er hatte, nachdem er Frank Ruthers Büro verlassen hatte, in Millers Wohnung angerufen. Millers Frau sagte Hawes, daß ihr Mann als Elektronentechniker bei der Firma Byrd Industries Incorporation beschäftigt sei. Hawes rief Miller in der Firma an.

Da polizeiliche Verhöre am Arbeitsplatz manchmal unnötig Verdacht erregen, hatte Hawes Miller entgegenkommenderweise gebeten, daß er ihn am Abend in dessen Wohnung sprechen möchte. Miller hatte gern zugestimmt.

Er wohnte in Majesta, einem Randgebiet der Stadt.

Der Detektiv war um sechs Uhr dreißig aus dem Revier fortgegangen und gegen acht Uhr vor der Millerschen Wohnung angekommen. Bis jetzt wußte er noch nicht, daß er vom 87. Revier an den ganzen Weg bis Majesta verfolgt worden war.

Das Haus, in dem Miller wohnte, lag in einer Allee. Gegenüber war ein kleiner Park. Es war eines der besten Viertel von Majesta. Hawes nahm an, daß die Millers es gewählt hatten, weil es in der Nähe der Byrd-Werke lag. Und da sie sich die Mieten in dieser Gegend leisten konnten, folgerte Hawes, daß Miller gut verdienen mußte.

Apartment 54, hatte ihm Miller am Telefon gesagt. Hawes durchquerte die einfache Halle, ging zum Fahrstuhl und fuhr in den fünften Stock hinauf. Mrs. Miller öffnete die Tür. Sie war eine attraktive Brünette mit großen blauen Augen, aber Hawes hatte ein Prinzip, sich nie in verheiratete Frauen zu verlieben.

»Sind Sie Detektiv Hawes?« fragte sie sofort.

»Ja.«

»Ist etwas passiert?«

»Nein. Wir versuchen nur, einen Mann zu finden, den Ihr Gatte kannte. Wir hoffen, daß er uns helfen kann.«

»Es hat also nichts mit Joaquim zu tun?«

»Nein, Ma'am«, antwortete Hawes galant.

»Kommen Sie doch bitte herein«, bat sie, und er hatte das dunkle Gefühl, daß sie ihm die Tür vor der Nase zugeschlagen hätte, wenn es doch etwas mit ihrem Joaquim zu tun gehabt hätte. Vielleicht hätte sie auch noch eine Maschinengewehrgarbe durch die geschlossene Tür gefeuert.

Mrs. Miller führte ihn ins Wohnzimmer, wo ihr Mann vor dem Fernsehapparat saß.

»Detektiv Hawes ist hier«, sagte seine Frau.

Miller stand auf und streckte ihm die Hand entgegen. Er war ein schlanker Mann von ungefähr dreiunddreißig Jahren mit einem schmalen Gesicht und braunem, kurzgeschnittenem Haar. Seine Augen blickten warm und intelligent. Sein Handschlag war fest.

»Ich freue mich, Sie kennenzulernen, Mr. Hawes«, sagte er. »Haben Sie ihn schon gefunden?«

»Nein, noch nicht«, erwiderte Hawes.

»Sie suchen einen Phil Kettering«, erklärte Miller seiner Frau. »Mr. Hawes hat es mir heute nachmittag am Telefon gesagt.«

Sie nickte und musterte Hawes.

»Bitte, setzen Sie sich«, lud ihn Miller ein. »Dürfen wir Ihnen einen Drink anbieten?«

»Nein, danke.«

»Vielleicht ein Glas Bier? Sie werden doch ein Glas Bier trinken dürfen, oder?«

»Lieber nicht. Vielen Dank.«

»Also gut«, meinte Miller. »Was möchten Sie von mir wissen?«

»Alles über Phil Kettering und Sy Kramer.«

Miller begann zu erzählen, und während er berichtete, machte sich Hawes Notizen und dachte, die Arbeit der Polizei ist einfach, wenn man alles dreifach erhält. Millers Aussagen deckten sich mit denen von Fielding, Ruther und Murphy. Um die Wahrheit zu sagen, es wurde langsam langweilig.

Hawes wünschte sich, daß er endlich mal etwas anderes erführe, etwas, was von dem bisher Gehörten abwich. Etwas, wo er einhaken könnte. Aber es gab nichts. Miller erzählte nur, was Hawes schon wußte.

»Haben Sie Kettering seitdem gesehen?« fragte Hawes.

»Seit dem Tag, wo er das Jagdhaus verließ?«

»Ja.«

»Nein.«

»Besitzen Sie ein Gewehr, Mr. Miller?«

»Nein.«

»Tatsächlich nicht?«

»Wirklich nicht, Sir.«

»Jagten Sie denn nicht in der ...«

»Ich habe mir ein Gewehr geliehen, Mr. Hawes. Ich bin kein leidenschaftlicher Jäger. Meine Frau besuchte ihre Mutter in Kalifornien. Wir verstehen uns nicht allzu gut, meine Schwiegermama und ich. Sie wollte nicht, daß wir heiraten.«

»Sie glaubte, daß Joaquim es zu nichts bringen würde. Aber er hat es sehr weit gebracht.«

»Bitte, Peg«, sagte Miller.

»Nun, hast du doch auch. Er verdient sehr gut, Mr. Hawes. Wir konnten allerhand sparen, von seinem Gehalt und vom Land.«

»Peg, willst du nicht bitte ...«

»Was für Land?« fragte Hawes. »Was meinen Sie damit?«

Miller seufzte. »Ich spekuliere«, erklärte er. »Ich kaufe und verkaufe Grundstücke. An all den neuen Siedlungen, die aus dem Boden schießen, habe ich inzwischen schon ganz schön verdient.«

»Wie stellen Sie es an?«

»Pure Spekulation. Ich suche mir einen Platz aus, von dem ich annehme, daß die Siedlungsbauherren später einmal darauf reflektieren. Ich kaufe ziemlich billig ein und stoße dann ab, wenn sie sich entschlossen haben, darauf zu bauen. Lange wird es zwar nicht mehr gehen. In vernünftiger Entfernung von der City gibt es bald keinen freien Fleck mehr.«

»Wieviel haben Sie bei derartigen Spekulationen verdient?« erkundigte sich Hawes.

»Das möchte ich Ihnen lieber nicht sagen«, antwortete Miller.

»Entschuldigen Sie, ich wollte nicht persönlich werden. Aber ich wüßte es trotzdem gern.«

»Wir konnten ungefähr dreißigtausend Dollar auf die hohe Kante legen«, schaltete sich Mrs. Miller ein.

»Peg ...«

»Weshalb soll ich das nicht sagen?«

»Peg, sei bitte ...«

»Wir sparen«, sagte Mrs. Miller. »Wir wollen eines Tages ein großes Haus bauen und ...«

»Du sollst schweigen!« schnauzte Miller.

Mrs. Miller schien beleidigt und schwieg. Hawes räusperte sich.

»Was für eine Arbeit verrichten Sie bei Byrd, Mr. Miller?«

»Ich bin Elektroneningenieur.«

»Ich weiß, aber woran arbeiten Sie?«

Miller lächelte selbstgefällig. »Das könnte ich Ihnen nicht beantworten, selbst wenn ich wollte.«

»Weshalb nicht?«

»Geheim«, meinte Miller.

»Ich verstehe. Rekapitulieren wir: Sie besitzen also kein Gewehr, stimmt das?«

»Das stimmt genau.«

»Was für eines liehen Sie sich, als Sie fortfuhren?«

»Ein Kleinkalibergewehr.«

»Erinnern Sie sich zufällig daran, was für ein Gewehr Kettering bei sich hatte?«

»Ich verstehe nicht viel von Schußwaffen«, sagte Miller, »es war ein schweres Ding und hatte einen eindrucksvollen Namen.«

»Eine Savage«, fragte Hawes.

»Ja, Kettering hatte eine Savage.«

Als Hawes wieder auf der Straße war, blickte er zur Wohnung hinauf. Er sah Miller am Fenster stehen. Als er merkte, daß der Detektiv ihn gesehen hatte, verschwand er rasch hinter dem Vorhang.

Hawes seufzte und ging zu seinem Wagen. Im gleichen Augenblick sah er den Mann, der sich schnell hinter einem Baum versteckte, aber nicht schnell genug, daß Hawes ihn nicht bemerkt hätte. Langsam legte er die paar Meter zu seinem Ford zurück, öffnete die Tür, ließ den Motor an und wartete. Der Mann hinter dem Baum bewegte sich nicht. Hawes fuhr langsam an.

Aus den Augenwinkeln konnte er sehen, wie der andere zu einem Auto rannte und einstieg. Es war ein Chevrolet. Leider konnte Hawes das Nummernschild nicht erkennen, es war zu dunkel.

Er hörte, wie hinter ihm der Motor ansprang. Hawes fuhr ganz langsam. Sein Verfolger wußte nicht, daß er bemerkt worden war. Der Detektiv hatte nur einen Gedanken: seinen Verfolger nicht zu verlieren. Natürlich bestand auch die Möglichkeit, daß er sich geirrt hatte. Aber das würde er ja gleich wissen.

Er wartete, bis er die Schweinwerfer des Chevrolets in seinem

Rückspiegel sah. Bis dahin war er langsam gefahren, so als ob er sich nicht schlüssig sei, wo er abbiegen mußte. Jetzt drückte er auf das Gaspedal und fuhr links ab. Der andere Wagen immer hinter ihm her. Dann bog er rechts ein. Der Chevrolet ebenfalls. Er fuhr zwei Häuserblocks geradeaus, dann wieder links. Der Chevy war immer noch hinter ihm. Er schlug noch ein paar Haken, nur um den letzten Zweifel zu zerstreuen, daß er verfolgt wurde, aber der Mann folgte Hawes so sicher wie das Amen in der Kirche.

Der Detektiv fragte sich, weshalb wohl, und er war neugierig, wer es sein könnte. Er wollte wissen, wer hinter dem Steuer saß. Unvermittelt gab er Gas, daß sein Wagen einen Sprung machte und den Chevrolet weit hinter sich ließ. Dann fuhr er an den Randstein, hielt an, stieg aus und versteckte sich in einer schmalen Gasse zwischen zwei Häusern, in der Abfalltonnen standen.

Kurz darauf hielt der Chevrolet hinter Hawes' Ford. Der Mann stieg aus, blickte vorsichtig die Straße hinauf und hinunter und begann dann, langsam auf die Gasse zuzugehen.

Die sommerlich grünen Blätter dämpften das Licht der Straßenbeleuchtung, so daß die Straße fast im Dunkeln lag. Hawes konnte die Schritte des Mannes hören. Aber sein Gesicht sah er nicht. Der Mann schien angenommen zu haben, Hawes konnte in einem der Hauseingänge verschwunden sein, denn er blieb vor jeder Haustür stehen. Langsam näherte er sich der Gasse.

Hawes wartete. Die Schritte des andern waren jetzt ganz nahe, fast ... fast ...

Hawes sprang aus der Gasse und wirbelte den Mann herum. Was den Detektiv überraschte, war die Reaktion des anderen. Cotton war kein Zwerg und in jedem Fall größer als der Mann, der jetzt wie von einer Feder losgelassen, teilweise durch Hawes Griff und teilweise durch seine eigene Kraft herumschnellte, so daß die Wucht seines Schlages doppelt groß war.

Die geballte Faust traf Hawes' Unterleib, und der Detektiv krümmte sich vor Schmerzen und ging zu Boden.

Hawes schüttelte sich. Verdammt! Wenn er nur das Gesicht gesehen hätte! Aber der Kerl war natürlich längst über alle Berge, während er am Boden lag und höllische Schmerzen ihm die Tränen in die Augen trieben.

Er lag noch immer am Boden, als er den Chevrolet anspringen hörte. Rote Funken tanzten vor seinen Augen, als er sich mühsam aufrichtete, um wenigstens jetzt das Nummernschild erkennen zu können. Er kam auch dazu zu spät. Hawes fluchte, aber die Rücklichter des Wagens waren nur noch winzige Punkte, die sich in der Dunkelheit schnell ganz verloren.

Erst nach einer Weile wurde der Schmerz erträglicher.

Steve Carella verdächtigte John Murphy wirklich nicht. Er wußte zu diesem Zeitpunkt überhaupt nicht mehr, wen er eigentlich verdächtigen sollte. Aber eines wußte er: der Mann, der den Schuß auf Kramer abgefeuert hatte, war ein guter Schütze. Nur eine einzige Kugel war abgefeuert worden, und die hatte Kramer in den Kopf getroffen. Und die Person, die Kramer umgebracht hatte, hatte auch den Wagen gefahren, am Randstein gehalten, das Gewehr zur Hand genommen und gefeuert. Er mußte genau gezielt haben. Ein Schuß, und die Sache war erledigt.

Carella bezweifelte, daß John Murphy so gut zielen konnte. Die Hände des alten Mannes zitterten ja schon, wenn er nur ein Glas in der Hand hielt. Wenn er normalerweise schon so nervös war, wieviel mehr würden seine Hände zittern, wenn er einen Mord ausführte.

Nein, in Wirklichkeit verdächtigte er John Murphy gar nicht. Daher war er auch überhaupt nicht erstaunt, von den Kollegen im Kriminallabor zu erfahren, daß Murphys Gewehr nicht die Mordwaffe war.

Steve Carella war zwar nicht überrascht, aber er war trotzdem enttäuscht.

14

Alice Lossing wohnte in Isola.

Cotton Hawes war am Abend vorher bös zusammengeschlagen worden. Aber nichtsdestoweniger ging er am 12. Juli Alice Lossing besuchen.

Das Haus, in dem sie wohnte, lag in einem Stadtteil, den man »Die Bluffs« nannte und von dem aus man den River Dix sehen konnte. Der Fluß bildete die südliche Grenze von Isola.

Er stand vor dem Apartment 8B und drückte auf den Summer.

»Wer ist da?« fragte eine Mädchenstimme von drinnen.

»Polizei«, sagte er.

»Wer?«
»Polizei«, wiederholte er.
»Einen Moment«, sagte die Stimme. Er hörte Schritte zur Tür kommen. Die Klappe des Gucklochs wurde zurückgeschoben. Ein Auge blickte ihn an.
»Wer sind Sie?«
»Polizei«, antwortete Hawes zum drittenmal. »Detektiv Hawes.«
»Können Sie sich ausweisen?«
»Ja.«
»Also bitte.«
Hawes hielt seinen Ausweis in die Höhe.
»Haben Sie keine Metallmarke?«
Hawes zeigte auch diese vor.
Das Mädchen sah noch einmal auf den Ausweis. »Sie sehen nicht aus wie der Mann auf dem Foto«, sagte sie mißtrauisch.
»Ich bin es aber. Wenn Sie noch mehr Beweise wollen, rufen Sie Frederic 7-8024 an und verlangen Sie Steve Carella. Erkundigen Sie sich, ob Detektiv Cotton Hawes das Revier verlassen hat, um Sie aufzusuchen.«
»Das klingt überzeugend«, sagte Alice. »Einen Moment.«
Hawes lauschte, während sie die Tür aufschloß. Auf Grund der Vielzahl der Schlösser und Sicherheitsketten konnte man auf den Gedanken kommen, daß einem gerade Einlaß in Fort Knox gewährt wurde. Er wunderte sich, weshalb das Mädchen so übervorsichtig war.
Als die Tür sich endlich öffnete, wunderte er sich nicht mehr.
Alice Lossing war das schönste Mädchen, das er seit langem gesehen hatte. Und wenn er so aussähe wie sie und in einem Mietshaus wohnte, würde er gewiß eine Stahltür angebracht haben, um die Männer fernzuhalten.
»Kommen Sie herein«, sagte sie. »Hoffentlich stimmt alles, was Sie mir gesagt haben.«
»Weshalb?«
»Ich habe eine Schußwaffe, und ich weiß auch damit umzugehen.«
»Ein Gewehr?« Diese Frage war ihm fast automatisch herausgeschlüpft, denn es war bei diesem Fall schon zu oft um Gewehre gegangen.

»Nein. Ein Pistole ist für meine Zwecke ausreichend.«

»Die beste Waffe für eine Frau«, sagte Hawes, »ist ein Hammer.«

»Ein wa-a-as?«

»Ein Hammer.«

»Kommen Sie herein. Kommen Sie. Wenn Sie sich mit mir über Waffen unterhalten wollen, dann nicht unter der Tür.«

Zusammen gingen sie in die Wohnung.

Alice Lossing hatte braunes Haar und braune Augen. Sie war groß, mindestens einssiebzig, und hatte einen Gang wie eine Königin. Ihre Figur war einfach Klasse. Ihre Kurven kamen unter der Hose und dem engen Pullover bestens zur Geltung.

Hawes schluckte.

Als sie im Wohnzimmer waren, fragte sie: »Weshalb gerade ein Hammer?«

»Aus verschiedenen Gründen. Frauen sind leicht aufgeregt, und wenn sie einem Eindringling gegenüberstehen, könnten sie vielleicht nicht mehr richtig zielen. Sie verballern ihre Munition und stehen mit dem leeren Revolver in der Hand da. Alles schon vorgekommen.«

»Ich treffe immer«, sagte Alice unbeeindruckt.

»Zweitens kann so ein Kerl seine eigene Pistole ziehen, wenn er sieht, daß die Frau auch bewaffnet ist. Meistens schießen Männer besser als Frauen.«

»Ich treffe immer«, wiederholte Alice.

»Und drittens«, fuhr Hawes ungerührt fort, »wenn ein Bursche es auf eine Vergewaltigung abgesehen hat, muß er ihr auf den Pelz rücken. Ein Hammer ist eine gute Nahkampfwaffe. Und wenn er nur etwas klauen will, ist es das beste, ihn gewähren zu lassen und dann die Polizei zu rufen. Eine Pistole kann Komplikationen schaffen, die gar nicht nötig sind. Kein Mensch spielt mit einem Hammer den Helden. Ein Hammer ist lediglich eine Verteidigungswaffe.«

»Ist das Ihre Theorie?«

»Ja.«

»Sie stinkt«, sagte Alice. »Ich habe in meiner Nachttischschublade eine Pistole. Sie ist geladen, und ich schieße jeden nieder, der ohne Einladung bei mir eindringt.«

»Ja, ja«, sagte Hawes lächelnd. »Ein Mädchen kann nicht vorsichtig genug sein, besonders ein hübsches. Bin ich froh, daß ich eingeladen wurde!«

»Was soll der Quatsch«, erkundigte sich Alice. »Ich ignoriere Ihr Kompliment mit Absicht.«

»Wieso?«

»Sie sehen auch gut aus«, sagte Alice. »Ich könnte den Kopf verlieren und mir statt dessen die große Zehe abschießen, weil ich auf Sie nicht richtig zielen könnte.« Sie lachte.

»Genauso würde es mir auch gehen«, sagte Hawes und lachte ebenfalls.

»Weswegen sind Sie hier?«

»Wegen Phil Kettering.«

»Was ist mit ihm? Wo ist er? Wissen Sie es?«

»Keine Ahnung. Er scheint sich in Luft aufgelöst zu haben.«

»Wem sagen Sie das«, meinte Alice.

»Wann haben Sie ihn das letzte Mal gesehen?« fragte Hawes.

»Letzten August.«

»Und seitdem haben Sie nichts mehr von ihm gehört?«

»Nein«, antwortete Alice. »Es würde mich auch nicht weiter kümmern, aber er hat was, was mir gehört.«

»Was denn?«

»Einen Ring.«

»Wie hat er denn den bekommen?«

»Ich gab ihn ihm. Eines Abends haben wir uns zusammen einen angetrunken und beschlossen, die Ringe zu wechseln. Er hat mir dieses Ding hier angedreht« – sie streckte ihre rechte Hand aus –, »während ich ihm einen sehr teuren Ring gegeben habe.«

»Darf ich den Ring mal sehen?«

Alice hielt ihre Hand hin. Der Ring war einfach. Auf einer kleinen Goldplatte war das Monogramm P. K. eingraviert. Der Punkt hinter dem K war ein Brillantsplitter.

»Ich habe ihn schätzen lassen«, fuhr Alice fort. »Fünfzig Dollar, sagte der Juwelier. Meiner war fünfhundert wert. Wenn Sie Phil finden, sagen Sie ihm, daß ich meinen Ring zurückhaben möchte.«

»Wie gut kannten Sie Kettering?«

»Nicht besonders.«

»Aber gut genug, um ihm einen Ring zu geben?«

»Ich habe doch schon gesagt, wir waren betrunken.«

»Wie lange kannten Sie ihn?«

»Ungefähr vier Monate. Ich bin Sekretärin bei *Milady*. Kennen Sie die Zeitschrift?«

»Nein«, gab Hawes zu.

»Die Frauen von ganz Amerika wachen damit auf und gehen auch mit dem verdammten Blatt schlafen.«

»Ich schäme mich.«

»Dazu haben Sie auch allen Grund. Ich dachte, Polizisten sind gut informiert. Phil kam eines Tages in den Verlag und brachte ein paar Fotos. Einen Foto-Artikel, wie man Nagellackflaschen ordentlich aufbewahrt. Er hatte so eine lange Holzlatte mit eingebohrten Löchern . . .«

»Dabei haben Sie ihn kennengelernt«, unterbrach sie Hawes.

»Ja. Er bat mich um eine Verabredung. Ich habe zugesagt. Ungefähr eine Woche später bin ich mit ihm ausgegangen.«

»Bis zu der Zeit, wo er diesen Jagdausflug unternahm?«

»Ach, hat er das? Davon sagte er mir nichts.«

»Hat er nie mit Ihnen über die Jagd gesprochen?«

»Hin und wieder schon. Wenn man ihn so reden hörte, mußte man annehmen, daß er ein guter Jäger war.«

»Wie gut?«

»Er gewann immerhin mehrere Preise im Schießen. Er soll ein guter Schütze gewesen sein. Jedenfalls hat er es so hingestellt.«

»Haben Sie diese Preise je gesehen?«

»Ja, einen. Eine der üblichen kleinen Medaillen.«

»Rief er Sie an, als er von seinem Ausflug zurückkam?«

»Ich habe seit Ende August weder etwas von ihm gesehen noch gehört. Ich schrieb ihm ein paarmal, weil ich meinen Ring zurückhaben will. Aber er hat nie geantwortet. Ich rief in seinem Atelier an und fuhr sogar hin. Aber es war verschlossen. Wenn ich mich nur an seine Privatanschrift erinnern könnte! Ich würde heute noch hinfahren.«

»Das brauchen Sie nicht«, sagte Hawes. »Wir waren schon dort.«

»Dann ist er also wirklich weg?«

»Scheint so.«

»Wohin?«

»Wissen wir nicht.«

»Schade. Mein Ring hat fünfhundert Dollar gekostet.«

»Ist Kettering ein gutaussehender Mann, Miss Lossing?«

»Phil? Na, ein Filmstar ist er gerade nicht, aber er wirkt sehr männlich.«

»Ist er jähzornig?«

»Nein, eigentlich nicht.«

»Ist er sehr nachtragend?«

»Das glaube ich kaum, aber so gut kenne ich ihn nicht. Wir waren schließlich nur hin und wieder zusammen. Die Dummheit mit dem Ring ist nur geschehen, weil wir beide betrunken waren.«

»Waren Sie mehrmals in seinem Haus?«

»Ich war nur einmal dort. Vorstadtmilieu, nichts für mich.«

»War er bei Ihnen in der Wohnung?«

»Sicher.«

»Oft?«

»Er holte mich einmal in der Woche ab und brachte mich auch wieder nach Hause.«

Alice Lossing musterte Hawes. »Warum fragen Sie das?«

»Nun . . .«

»Wollen Sie herausfinden, ob Phil und ich . . .«

»Nein.«

»Wir haben nicht.«

»Okay. Aber ich habe nicht gefragt.«

»Aber es schien mir, als wüßten Sie es gern.«

»Was?«

»Ob ich . . .«

»Mit Phil oder mit mir?«

»Beides.«

»Was mich betrifft, so pflege ich vorher nicht danach zu fragen.«

»Nein?«

»Nein. Ich muß mich im Revier melden, bevor ich hier weggehe. Tanzen Sie gern?«

»Ja.«

»Darf ich bitten?«

»Ist das eine Frage?«

Hawes lächelte, aber Alice blieb ernst. »Ich bin eine Dame, ich möchte gern gefragt werden«, sagte sie.

»Also gut. Ich frage: würden Sie gern mit mir tanzen gehen?«

»Sie sehen sehr gut aus«, antwortete sie. »Jawohl, riesig gern würde ich das.«

»Ich habe mich schon gewundert, was ein hübsches Mädchen wie Sie an einem Freitagabend allein zu Hause tut«, meinte Hawes.

»Ich habe auf Sie gewartet«, konterte Alice.

»Das glaube ich gern.«

»Wenn Sie es genau wissen wollen, ich bin versetzt worden.«

»Wunderbar!«

»Sie können Ihr Revier von hier aus anrufen, wenn Sie wollen. Ich werde mich inzwischen umziehen.«

»Fein.«

»Sind Sie nach diesem Anruf dienstfrei?«

»Theoretisch habe ich nie Feierabend. Aber praktisch bin ich nach diesem Gespräch frei.«

»Dann mixen Sie sich einen Drink, wenn Sie angerufen haben.«

»Ja, danke.«

Hawes erledigte sein Telefonat und machte sich etwas zu trinken.

Sie verließen die Wohnung um halb zehn.

Alice fand Hawes außerordentlich attraktiv. Und sie hörte nicht auf, ihm das den ganzen Abend zu sagen. Er fand sie auch hübsch, und als sie tanzten, hatte er sich schon in sie verliebt.

Nachher tranken sie noch irgendwo eine Tasse Kaffee, dann brachte er sie nach Hause.

Es war noch ziemlich früh, also hörten sie sich noch ein paar Platten an. Ihre Lippen waren rot und einladend, also küßte er sie.

Das Zimmer war zu hell, also löschte er die Lampe aus.

15

Arthur Brown hatte die Farbfotos balinesischer Jungfrauen lange genug angesehen. Er hatte auch genug von den vier Holzwänden seines als Fernmeldereparaturwagen getarnten Versteckes. Die Kopfhörer hätte er am liebsten weggeworfen, und er war der albernen Gespräche überdrüssig, die Lucy Mencken mit ihren Freundinnen und Bekannten führte.

Arthur Brown war ein sehr ungeduldiger Mann. Er hatte das große Unglück, mit einem Namen auf die Welt gekommen zu sein, der seine Hautfarbe mit Nachdruck betonte.

Seine Ungeduld war das Resultat einer ständigen Erwartung. Arthur Brown brauchte einen Menschen nur anzusehen und wußte sofort, ob seine Hautfarbe eine Schranke zwischen ihnen bedeuten würde oder nicht. Und wenn er es einmal wußte, machte er sich auf die übliche herablassende Behandlung gefaßt. Er wartete sogar ungeduldig darauf, um sich danach zu richten. Ja, Arthur saß auf einem Pulverfaß, dessen ständig glimmende Lunte seine Hautfarbe war.

Das Abhören von Lucy Menckens Telefongesprächen hatte zwar nichts mit einem Pulverfaß gemein; dennoch hatte Arthur die Nase voll. Allen, die es vielleicht interessieren würde, könnte er erzählen, was die Menckens jeden Abend der Woche essen, ob die Kinder während der vergangenen Tage Husten oder gar Schnupfen hatten, er kannte die gesellschaftlichen Ereignisse, ja, sogar die Büstenhaltergröße – übrigens sehr bemerkenswert, dachte Arthur – von Lucy Mencken war ihm nicht mehr neu.

Arthur Brown langweilte sich. Er dachte an seine Kollegen im 87. Revier. Diese Glücklichen, die es mit Vergewaltigungen, mit Messerstechereien, Überfällen, Raub, Mord und all diesen aufregenden Dingen zu tun hatten!

Und er mußte hier versauern und sich anhören, wie die Geschäftsführerin eines Modesalons in Peabody Lucy Mencken berichtete, daß eine neue Kollektion Badeanzüge angekommen sei, und ob sie nicht vorbeikommen und einige anprobieren wolle. Arthur kannte die Dame aus dem Modesalon schon. Sie hieß Antoinette, und ihr Geschäft nannte sich paradoxerweise »Die Kurvenecke«.

Er wünschte sich, daß Lucy gleich ihren lieben Sohn und auch die Tochter mitnehmen würde. Vielleicht brauchte auch Charles Mencken ein paar neue Badehosen. Wenn doch nur die ganze verflixte Menckenfamilie in die »Kurvenecke« fahren und eine Orgie im Badeanzugprobieren feiern würde! Dann wäre das Telefon den Nachmittag über unbesetzt, und er müßte sich nicht den Weiberklatsch über eine gewisse Patricia Harper mit anhören, die mit den Ehemännern von Peabody viel zu eng tanzte. Er brauchte sich auch nicht für die Pläne der nächsten Gartenklubparty zu interessieren, und ihm blieben die endlosen Gespräche zwischen der achtjährigen Greta und ihrem zehnjährigen Freund »Sommersprosse« erspart.

Kurz gesagt, er brauchte nicht in dem gottverdammten Eigenleben einer nach außen hin anscheinend völlig normalen und anständigen Familie herumzuschnüffeln.

Als der nächste Anruf kam, bereitete er sich seelisch auf das vor, was er erwartete: ein nichtssagendes Gequatsche.

Leuchtete das Licht auf dem Bandgerät auf, wußte er, daß bei Menckens der Hörer abgehoben wurde. Brown stülpte sich seine Kopfhörer über. Vor ihm liefen lautlos die beiden Spulen. Der Adapter, der in Menckens Telefon eingebaut war, nahm jedes Wort auf.

»... einen Moment, ich sehe nach, ob sie zu Hause ist.«

Das war das Dienstmädchen. Brown kannte ihre Stimme. Es entstand eine lange Pause. Dann ...

»Hallo!«

»Mrs. Mencken?«

Es hörte sich an, als hielte jemand die Luft an.

»Ja?«

»Sie hatten Zeit, sich meinen letzten Anruf zu überlegen, nicht wahr?«

»Wer ist dort?« fragte Lucy Mencken.

»Kümmern Sie sich nicht darum, wer hier spricht. Ich sagte Ihnen schon, ich bin ein Freund von Sy Kramer. Ich kenne die Vereinbarung, die er mit Ihnen hatte, und ich habe Ihnen bereits gesagt, es wird sich etwas ändern, nachdem er tot ist. Ist das klar?«

»Ja, aber ...«

»Sie möchten doch nicht, daß die Unterlagen an die Zeitungen gegeben werden, oder?«

»Welche Unterlagen?«

»Versuchen Sie nicht, mich zu bluffen, Mrs. Mencken. Sie wissen genau, wovon ich spreche. Stellen Sie sich nur nicht so dumm.«

»Also gut«, sagte sie.

»Ich möchte, daß wir uns heute abend treffen.«

»Weshalb? Sagen Sie mir Ihren Namen, und ich schicke Ihnen den Scheck.«

»Sie wollten wohl sagen einen Polypen, um mich abzuholen, wie?«

»Nein, ganz bestimmt nicht.«

»Seien Sie bloß nicht so leichtsinnig, so etwas zu versuchen. Die Unterlagen hat ein Freund von mir. Wenn Sie die Polizei benachrichtigen, falls Sie auch nur nach Polizist riechen, wenn wir uns treffen, wird das Zeug abgeschickt.«

»Ich verstehe. Aber weshalb müssen wir uns treffen?«

»Um die Dinge klarzulegen.«

»Sie sagten, es wäre ungefähr die gleiche Summe wie bei Kramer.«

»Ich will das mit Ihnen besprechen. Ich möchte wissen, woran ich bin, und keinen Fehler machen.«

»Also gut«, antwortete Lucy Mencken resigniert. »Wo werde ich Sie sehen?«

»Können Sie in die City kommen?«

»Ja.«

»Kennen Sie sich im Süden der Stadt aus?«

»Ja.«

Brown nahm einen Bleistift und legte einen Block vor sich hin.

»In der Fieldover Street ist ein Restaurant. Wissen Sie, wo das ist?«

»Ist das im Künstlerviertel?«

»Ja. Das Lokal heißt *Gumpy's*. Es ist Ecke Fieldover Street und Marsten Square. Dort werde ich auf Sie warten.«

»Um welche Zeit?«

»Acht Uhr.«

»Ja«, sagte Lucy Mencken. »Wie werde ich Sie erkennen?«

»Ich werde einen braunen Anzug mit Fischgrätenmuster anhaben.« Der Mann schwieg. »Und die *Times* lesen. Und merken Sie sich: keine Polizei! Wenn ich nur einen Polizisten sehe, wird das Material schneller bei den Zeitungen sein, als Sie bis drei zählen können.«

»Ich werde kommen«, versprach Lucy Mencken.

»Vergessen Sie Ihr Scheckheft nicht«, sagte der Mann und hängte ein.

Gleich danach rief Lucy Mencken ihren Mann im Büro an. Sie erzählte ihm, daß eine Schulfreundin, Sylvia Cooke, in der Stadt sei und sich mit ihr treffen wolle. Ob er was dagegen hätte?

Charles Mencken hatte keinen Grund, seiner Frau nicht zu glauben. Er sagte Lucy, er hätte natürlich nichts dagegen. Er würde mit den Kindern in den Countryklub zum Abendessen gehen. Sie sagte ihm noch, daß sie ihn liebe, dann legte sie auf.

Brown rief sofort das 87. Polizeirevier an.

Gumpy's hätte genausogut auch *Kaschemme* heißen können. Wer immer der Anrufer gewesen sein mochte, er hatte überhaupt keine Rücksicht auf die Tatsache genommen, daß Lucy Mencken eine Dame war. Ja, er hatte sich nicht einmal Gedanken darüber gemacht, daß sie eine Frau war.

Gumpy's befriedigte Bedürfnisse im Künstlerviertel. Hier achtete niemand auf die Einrichtung oder die Beleuchtung oder gar die Tatsache, daß die Wände aussahen, als würden sie jeden Moment einstürzen. *Gumpy's* hatte seine eigene Atmosphäre. Die Polizei schien beide Augen zuzudrücken. Das wiederum war vielen Leuten, die sich einmal auf Kosten anderer amüsieren wollten, gerade recht. Sie kamen aus allen Ecken der Stadt, um *Gumpy's* Stammgäste halb mit Abscheu, halb aus Neugierde anzustarren. Es war hinreißend komisch, zwei Männer miteinander tanzen zu sehen oder eine Frau im eleganten Zweireiher mit einem anderen Mädchen beim Flirt zu beobachten.

Diese Zuschauer, genau wie die Stammkundschaft bei *Gumpy's*, waren viel zu sehr beschäftigt, um sich darum zu kümmern, in welch lausiger Verfassung der Laden war. Nicht einmal die Brandschutzbehörde schien sich darum zu kümmern.

Der Detektiv, der am Abend des 13. Juli in einem offenen Hemd zu *Gumpy's* kam, war ein Mann, der keinerlei Beziehung zu dem Fall Kramer hatte. Bei der Besprechung, wer das Bürschlein beim Kragen packen würde, hatten Hawes und Carella die Tatsache berücksichtigt, daß Hawes vor nicht ganz zwei Tagen verfolgt worden war. Es war ja möglich, daß sein Verfolger der gleiche war, der sich mit Lucy Mencken verabredet hatte. Und nachdem Hawes beschattet wurde, war es auch anzunehmen, daß noch andere Beamte des Reviers beschattet und erkannt worden waren. Der Erpresser sollte ihnen nicht deshalb durch die Lappen gehen, weil er sie als Bullen erkannt hatte. Also wählten sie einen Mann, der in dem Fall Kramer noch nichts zu tun gehabt hatte.

Der Mann hieß Bob O'Brien. Er machte seinem irischen Namen alle Ehre.

Bob O'Brien war einen Meter dreiundachtzig groß und wog

rund zwei Zentner. Wenn man von ihm einen Haken verpaßt bekam, konnte man im günstigsten Fall mit einem gebrochenen Unterkiefer rechnen. Er war in Hades Hole aufgewachsen und hatte dort alle faulen Tricks bei Schlägereien gelernt, noch bevor er in den Stimmbruch kam. Damals stand O'Brien noch auf der anderen Seite des Gesetzes, und wenn er nur einen Polizisten sah, rannte er wie der Teufel. Jetzt, und das war ein Glück für die Stadt, war er auf der richtigen Seite und gebrauchte seine Fäuste, seinen Scharfblick und seinen .38er Special, um dem Gesetz gegebenenfalls Nachdruck zu verleihen.

Während seiner Dienstzeit hatte O'Brien sieben Männer töten müssen. Er war nicht, was man als schießwütig bezeichnet. Bob griff erst zur Waffe, wenn es gar nicht anders ging. Aber es gibt Polizisten, die die unangenehme Arbeit übernehmen müssen, die gezwungen sind, zum Revolver zu greifen. Bob O'Brien war einer von ihnen.

Als er seinen ersten Menschen tötete, war er noch Polizeianwärter. Er kannte ihn, denn er wohnte zu dieser Zeit noch in Hades Hole. Es war an einem Sonnabendmorgen, Mitte August. Bob O'Brien hatte dienstfrei. Er wollte sich mit Freunden treffen, um an den Strand zu gehen. Natürlich hatte er seinen Dienstrevolver in der rechten Hüfttasche. Die Straße lag wie ausgestorben in der brütenden Sommerhitze. O'Brien setzte sich auf die Treppe vor seinem Haus und wartete auf seine Freunde. Da kam Eddie, der Metzger, ein Fleischerbeil schwingend, aus seinem Laden gerannt.

Eddie verfolgte eine Frau. Sein Gesicht hatte den irren Ausdruck eines Mannes, der seine Umgebung völlig vergessen hat. O'Brien stand auf, als die Frau vorbeirannte. Er stellte sich Eddie in den Weg. Er dachte nicht daran, Eddie zu erschießen.

»Was ist denn los, Eddie?« fragte er freundlich.

Eddie schwang drohend das Beil. »Geh mir aus dem Weg!« schrie er.

»Ich bin doch Bobby, dein Freund«, sagte O'Brien, »also leg das Ding . . .«

Bob kam nicht dazu, seinen Satz zu beenden, denn Eddie sprang ihn an wie ein Tier. O'Brien fiel aufs Pflaster. Mit einer Hand hielt der Metzger seinen Hals umklammert. Die scharfe Schneide des Fleischerbeils glitzerte in der Morgensonne. Der irre Ausdruck stand noch immer in Eddies Gesicht. Und dann sauste das Beil herab. In einer einzigen Reflexbewegung warf sich O'Brien zur Seite, zog seinen Revolver und feuerte. Klirrend fiel das Beil auf den Gehsteig. Für den Bruchteil einer Sekunde stand maßloses Erstaunen in Eddies Augen. Dann kippte er um. Er war auf der Stelle tot.

In dieser Nacht weinte O'Brien wie ein Baby.

Die grausige Szene verfolgte ihn bis in seine Träume. Seit damals mußte er weitere sechs Männer in der Ausübung seines Dienstes erschießen. Er hatte diese sechs nicht gekannt, aber das war auch der einzige Unterschied zwischen ihrem Tod und dem von Eddie. Immer, wenn er gezwungen war zu töten, weinte O'Brien. Nicht offen. Er weinte innerlich, und da tut es am meisten weh.

Bei *Gumpy's* war was los an diesem Samstagabend. Innerhalb von zwanzig Minuten wurde O'Brien fünfmal unmißverständlich eingeladen. Er fühlte Mitleid mit *Gumpy's* Stammkunden und schüttelte nur jedesmal den Kopf. Für die Leute aber, die gekommen waren, um sich an dem Elend der anderen zu belustigen, empfand er eine abgrundtiefe Verachtung.

Zehn Minuten nach acht kam Lucy Mencken an. Sie schien sehr verwirrt und völlig durcheinander zu sein, setzte sich an einen Ecktisch und musterte alle Gäste in dem Raum. Da der Mann im braunen Anzug noch nicht gekommen war, bestellte sie sich etwas zu trinken und wartete.

O'Brien saß auch vor einem Drink, den er nicht anrührte, und wartete ebenfalls.

Um acht Uhr fünfundzwanzig betrat der Mann mit dem beschriebenen Anzug und einer Ausgabe der *Times* unterm Arm die Bar. Er erfaßte Lucy Mencken mit einem Blick und setzte sich ohne Umschweife an ihren Tisch. Es waren nur einige wenige Worte, die zwischen ihm und Lucy Mencken gewechselt wurden. Dann stand O'Brien auf und schlenderte unauffällig zu den beiden hinüber. Genauso unauffällig nahm er den Mann beim Arm, hob ihn, als wäre er eine Puppe, ein paar Zentimeter in die Höhe und verpaßte ihm ein Armband aus garantiert rostfreiem Stahl.

»Polizei«, sagte er, »Sie kommen mit.«

Als der Mann von seinem Stuhl aufspringen wollte, bekam er von O'Brien ganz zwanglos eine Ohrfeige. Gumpys Gäste fingen an, mörderisch zu schreien.

»Gehen Sie nach Hause, Mrs. Mencken«, sagte O'Brien. »Wir werden uns um ihn kümmern.«

Lucy Menckens Augen waren eiskalt, als sie den Detektiv ansah. »Danke«, sagte sie, »Sie haben soeben mein Leben ruiniert.«

Der Mann im braunen Anzug mit Fischgrätenmuster war Mario Torr.

Als er im Vernehmungsraum des 87. Reviers saß, sagte er: »Sie haben kein Recht, mich festzuhalten. Ich weiß nicht einmal, weshalb ich hier bin.«

»Aber wir wissen es«, antwortete Carella.

»So? Dann verraten Sie es mir bitte. Ich bin ein anständiger Mensch. Ich wollte in Ruhe ein Glas Bier trinken. Ich sah eine schöne Frau und sprach sie an, und im nächsten Moment wurde ich verhaftet.«

»Hat Ihnen jemand was getan, Torr?« fragte Hawes.

»Das nicht, aber ...«

»Dann halt dein Maul und beantworte die Fragen«, schnauzte Meyer ihn an.

»Ich beantworte sie ja. Außerdem hat man mir sehr wohl was getan. Dieses verdammte irische Schwein, das mir die Handschellen ...«

»Du hast Widerstand geleistet«, erinnerte ihn Carella.

»Einen Dreck habe ich geleistet, ich wollte nur aufstehen. Er hätte nicht gleich zuzuschlagen brauchen!«

»Was hast du denn bei *Gumpy's* verloren gehabt?« erkundigte sich Meyer.

»Sagte ich doch schon, ein Bier wollte ich trinken.«

»Gehst du immer in solche Kneipen?« fragte Carella.

»Ich hab' doch nicht gewußt, was das für eine ist. Ich kam zufällig vorbei, also ging ich hinein.«

»Du hast heute nachmittag Lucy Mencken angerufen.«

»Nein.«

»Wir haben ein Band mit der vollständigen Unterhaltung.«

»Das können Sie Ihrer Großmutter erzählen. Weiß der Teufel, wer das war«, sagte Torr aufsässig.

»Wo sind die Fotos?«

»Was für Fotos?«

»Mit denen du Lucy Mencken erpressen wolltest.«

»Ich weiß nicht, wovon Sie reden.«

»Hast du mich neulich abend verfolgt?« fragte Hawes.

»Ich habe noch nie jemand verfolgt.«

»Du bist mir nachgefahren und hast mich zu Boden geschlagen. Weshalb?«

»Ich Sie schlagen? Sein Sie doch nicht albern.«

»Wo sind die Fotos?«

»Welche?«

»Waren Kramer und du Partner?«

»Wir waren Freunde.«

»Hast du ihn umgebracht, um sein Geschäft weiterzuführen?«

»Ich ihn umgebracht? Allmächtiger Gott, ziehen Sie mich bloß nicht in die Sache rein.«

»Welche Anklage ist dir denn lieber? Wir haben viele Möglichkeiten, Freundchen.«

»Ich habe nichts mit Kramers Tod zu tun, so wahr mir Gott helfe!«

»Nein? Sieht aber ganz so aus.«

»Damit kommt ihr nicht durch.«

»Überlaß das uns. Was ist dir lieber, Mord oder Erpressung?«

»Ich wollte nur ein Bier trinken«, beharrte Torr.

»Wir haben deine Stimme auf Band.«

»Das versuchen Sie mal, im Gericht als Beweis vorzulegen.«

»Wo sind die Fotos?«

»Zum Teufel, ich weiß nichts von Fotos.«

»Weshalb bist du mir gefolgt?« fragte Hawes.

»Ich bin Ihnen nicht gefolgt.«

»Auf dem Band hast du gesagt, du würdest einen braunen Anzug mit Fischgrätenmuster tragen und die *Times* lesen. Rate mal, was du anhast, und rate mal, was du unterm Arm trugst?«

»Das wird bei Gericht nicht anerkannt«, sagte Torr.

»Wer waren die fetten Kühe, die ihr gemolken habt?« donnerte Meyer.

»Weiß ich nicht.«

»Kramer hatte fünfundvierzigtausend auf der Bank. War das nur seine Hälfte, Torr? Waren es insgesamt neunzigtausend?«

»Fünfundvierzigtausend!« rief Torr aus. »Also das ...«

»Also was?«

»Nichts.«

»Das ist was?«

»Nichts.«

»Hat Lucy Mencken mehr als fünf Scheine im Monat ausgespuckt?«

»War das alles, was sie . . .?«

Torr brach ab.

»Moment mal«, sagte Hawes.

Die anderen Männer sahen ihn an.

»Wartet mal eine Minute. Dieses Schwein weiß ja nicht mal, wieviel Lucy Mencken bezahlt hat. Ich wette, er hat keine Ahnung, wofür sie bezahlen mußte. Du wußtest gar nicht, daß Fotos existierten, nicht wahr, Torr?«

»Ich habe es schon einmal gesagt. Ich weiß von nichts.«

»Du Hund!« brüllte ihn Hawes an. »Du hast auf eigene Faust Nachforschungen durchgeführt, was? Hast unsere Leute verfolgt, um die Adressen von Kramers Opfern zu erfahren.«

»Nein, nein, ich . . .«

»Du wußtest lediglich, daß es Leute gab, die gemelkt wurden. Und als Kramer tot war, wolltest du weiterspielen. Du wußtest bloß nicht wer und wieviel.«

»Nein, nein, ich sage Ihnen doch . . .«

»Du bist uns nachgelaufen, als wir zu Lucy Mencken gingen. Dann hast du sie angerufen und ihr erzählt, du wärst Kramers Nachfolger. Sie hatte solche Angst, daß sie automatisch annahm, du wüßtest über die Fotos Bescheid. Das ist also der Grund, warum sie unbedingt erfahren wollte, wer die Bilder hat. Bei Kramer wußte sie, woran sie war, aber bei dir noch nicht, gleich gar nicht, nachdem du am Telefon Andeutungen gemacht hast. Also versuchte sie, ihre Fotos zu bekommen.«

»Ich weiß nicht, wovon Sie . . .«

»Als du mich neulich abend verfolgt hast, wolltest du nur noch weiteren Opfern Kramers auf die Spur kommen.«

»Sie sind verrückt.«

»Paß mal auf, Torr; du wußtest, daß Kramer ein einträgliches Geschäftchen betrieb, und du warst scharf darauf. Du hattest die Nase voll, Arbeiter zu sein und einen kleinen Wochenlohn zu kassieren. Du wolltest auch einmal absahnen. Wahrscheinlich hat Kramer geprahlt. Du warst grün vor Neid, hast dir ein Gewehr besorgt und ein Auto, und dann hast du . . .«

»Nein!«

»Du hast ihn getötet!« brüllte Hawes.

»Ich schwöre ...«

»Du hast ihn umgebracht!« brüllte auch Carella.

»Nein, zum Teufel, ich ...«

»Du hast ihn erschossen!« bellte Meyer.

»Nein, nein, ich schwöre bei Gott. Ich bin Ihnen gefolgt, jawohl, Ihnen allen. Ja, ja. Ich habe Sie niedergeschlagen. Und ich wollte die Mencken ausnehmen. Ja. Aber, lieber Gott, ich habe Kramer nicht getötet! Nein, nein, das war ich wirklich nicht.«

»Du hast versucht, Lucy Mencken zu erpressen«, stellte Hawes fest.

»Ja. Ja.«

»Du hast mich neulich abend zu Boden geschlagen?«

»Ja. Ja. Ja.«

»Sperrt ihn wegen Erpressung und Körperverletzung ein«, sagte Hawes.

Torr schien froh zu sein, daß alles vorbei war.

16

Es schien so, als hätten Lucy Mencken und Edward Schlesser, der Limonadenfabrikant, zur Zeit keinen Grund mehr zu Befürchtungen. Auch der dritte, der mit elfhundert Dollar im Monat Kramers Bankkonto bereichert hatte, war die ständige Bedrohung los. Wenn man daran dachte, daß Kramer tot war und Torr hinter Schloß und Riegel saß, hatte das große unbekannte Opfer auch nichts mehr zu befürchten. Der Unbekannte, von dem die großen Beträge kamen, mit denen Kramer seine Wohnung bezahlt hatte, seine Autos, seine Anzüge und mit denen er sein stattliches Bankkonto mit fünfundvierzigtausend Dollar eingerichtet hatte. Kramer war tot, und niemand hatte dieses lukrative Geschäft geerbt.

Die Betroffenen hätten außerordentlich glücklich sein müssen. Und sie waren es vielleicht auch. Alle, nur die Polizei nicht, denn sie hatte immer noch keine Ahnung, wer Kramer getötet hatte und weshalb.

Wenn Kramer nicht irgendwo unter falschem Namen ein Schließfach hatte, mußte er die Erpressungsdokumente irgendwo anders untergebracht haben. Kramer war ein ordnungsliebender Mann, der Rechnungen länger als ein halbes Jahr aufhob. Es war nicht anzunehmen, daß er ausgerechnet bei der Unterbringung dieser wichtigen Papiere und Fotografien nachlässig gewesen sein sollte. Aber wo hatte er sie versteckt?

Seine Wohnung war von vier Detektiven durchsucht worden, die zwei Tage damit zugebracht hatten, jeden Quadratzentimeter genau zu prüfen. Aber es wurden weder die Dokumente noch ein Schlüssel für irgendein Schließfach gefunden.

»Ich weiß nicht«, sagte Carella zu Hawes, »die ganze Geschichte scheint in sich zusammenzufallen.«

»Irgendwo muß er es doch haben«, antwortete Hawes.

»Aber wo? Er war in keinem Klub.«

»Nein.«

»Er hat auch kein Sommerhaus, nur die Wohnung.«

»Ja.«

»Also wo?«

Hawes überlegte einen Moment. »Was ist mit den Autos?« fragte er.

»Was meinst du?«

»Die Autos, den Cadillac und den Buick.«

»Du glaubst, daß er das Zeug vielleicht im Kofferraum oder im Handschuhfach versteckt hat?«

»Warum nicht?«

»Das sieht Kramer nicht ähnlich«, meinte Carella und schüttelte den Kopf. »Ich habe den Eindruck, daß er sehr ordnungsliebend und vorsichtig war. Ich kann mir nicht vorstellen, daß er diese wichtigen Dokumente im Wagen liegengelassen hat.«

»Aber wir können es doch mal versuchen, oder?«

Carella seufzte. »Alles ist wert, daß wir es versuchen. Los, machen wir uns auf den Weg.«

George's Service Center war drei Querstraßen von Kramers Wohnung entfernt.

George war ein kleiner, drahtiger Mann mit ölverschmiertem Gesicht.

»Zeigen Sie mir zuerst Ihre Ausweise«, forderte er die beiden Detektive auf.

Carella und Hawes hielten sie ihm unter die Nase.

»Nun können wir uns unterhalten«, meinte George.

»Wir möchten uns Kramers Autos ansehen«, sagte Hawes.

»Haben Sie einen Durchsuchungsbefehl?«

»Nein.«

»Dann besorgen Sie sich einen.«

»Seien Sie doch vernünftig«, bat Carella.

»Gern«, antwortete George. »Also, ist es erlaubt, eine Durchsuchung ohne richterliche Vollmacht durchzuführen?«

»Technisch gesehen, nein«, antwortete Carella. »Aber es bedeutet für uns nur ...«

»Ist es gesetzwidrig, bei einer Geschwindigkeitsbegrenzung von fünfzig Stundenkilometern fünfundfünfzig zu fahren?« erkundigte sich George.

»Technisch gesehen, ja«, gab Carella zu.

»Technisch hin, technisch her, ist es verboten oder nicht?«

»Ja.«

»Also bitte. Neulich bin ich wegen zu schnellen Fahrens angehalten worden. Ich rase nie, ich bin ein sehr vorsichtiger Autofahrer. Aber ich fuhr sechzig. Der Beamte, der mich anhielt, gab mir eine gebührenpflichtige Verwarnung. Ich bat ihn, doch vernünftig zu sein. Und wie vernünftig er war. Er nahm mir zwei Dollar ab. Wenn Sie die Autos durchsuchen wollen, gehen Sie nach Hause und besorgen Sie sich einen Durchsuchungsbefehl. Sonst ist es nämlich gesetzwidrig. Ich bin genauso vernünftig wie euer Kollege von der Verkehrspolizei.«

»Nur wegen einer Verwarnung hassen Sie uns alle, was?« fragte Carella.

»Wenn Sie es so ausdrücken wollen, bitte.«

»Ich hoffe nur, daß niemand Ihre Tankstelle ausraubt«, murmelte Carella. »Los, komm, Cotton, holen wir uns den Wisch.«

»Auf Wiedersehn!« rief George grinsend hinter ihnen her. Seine Rache war süß gewesen. Sie hatte die Ermittlungen in einem Mordfall um fast vier Stunden verzögert.

Sie kamen um vier Uhr nachmittags am Montag, dem 15. Juli, zurück.

George besah sich das Papier, nickte und sagte: »Die Autos stehen dort drinnen. Sie sind nicht abgeschlossen. Die Schlüssel liegen unter der Fußmatte, falls Sie die Kofferräume oder die Handschuhkästen öffnen wollen.«

»Vielen Dank«, preßte Carella zwischen den Zähnen hervor.

»Eine Hand wäscht die andere«, erwiderte George ungerührt. »Sagen Sie das mal Ihren Kollegen von der Verkehrspolizei.«

»Wissen Sie, was eine Behinderung polizeilicher Ermittlungen ist?«

»Ich weiß nur, daß man einen Durchsuchungsbefehl braucht«, meinte George gelassen. Er zuckte die Achseln. »Wenn Sie so in Eile sind, warum fangen Sie dann nicht endlich an, die verdammten Autos zu durchsuchen?«

»Das werden wir auch tun«, entgegnete Carella böse.

Zusammen gingen die beiden Detektive in die Garage.

Der weiße Cadillac und der schwarze Buick standen nebeneinander. Carella übernahm den Cadillac, Hawes den Buick.

Geduldig durchsuchten sie das Wageninnere. Sie entfernten die Sitze und sahen darunter nach, sie befühlten die Polsterung in der Hoffnung, daß Kramer dahinter etwas versteckt habe, sie nahmen die Fußmatten heraus und leerten Handschuhfach und Kofferraum. Eine dreiviertel Stunde suchten sie, aber sie fanden nichts.

»Na bitte. Nichts«, stöhnte Carella.

»Mhm«, schnaufte Hawes verärgert.

»Wenigstens habe ich mal in einem Cadillac gesessen.«

Interessiert besah er sich das weiße Cabriolet.

»Schau dir dieses Baby an«, forderte er Hawes auf.

»Er ist bildschön.«

»Und er hat Kraft«, fuhr Carella fort. »Hast du schon mal seinen Motor gesehen? Sieht aus wie eine Schiffsturbine. Hier, was sagt du dazu?«

Er ging um den Wagen herum und öffnete die Motorhaube.

»Das ist schon was«, meinte er. »Er hat ihn wirklich in Schuß gehalten. War ein ordentlicher Bursche, dieser Kramer.«

»Ja.«

Carella wollte gerade die Motorhaube zufallen lassen, als Hawes rief: »Warte mal! Was ist denn das?«

»Was?«

»Das da.«

»Wo?«

»Am Motorblock.«

»Was?«

»Los, öffne die Haube noch mal ganz, Steve!«

Carella öffnete sie und blickte hinein. »Ach das«, meinte er enttäuscht, »das ist ein Reserveschlüssel. Das Ding liegt in einer kleinen magnetisierten Blechschachtel, die man irgendwo im Auto anbringt. Für den Fall, daß man den Schlüssel verliert.«

»Ach so«, meinte Hawes.

»Sicher.« Carella griff nach der kleinen Schachtel. »Siehst du, man ...« Er hielt inne. »Cotton«, sagte er leise.

»Was ist denn?«

»Das hier ist kein Autoschlüssel. Lieber Gott! Drück die Daumen, Junge!«

Der numerierte Messingschlüssel, den Carella jetzt in der Hand hielt, gehörte ohne jeden Zweifel zu einem Dauerschließfach, wie sie in den Bahnhöfen standen. Es gab zwei große Bahnhöfe in der Stadt, verschiedene kleinere und einige U-Bahn-Stationen, die auch Schließfächer hatten. Es war nicht nötig, sämtliche Bahnhöfe aufzusuchen, um den Schlüssel auszuprobieren.

Carella rief die Firma an, die für sämtliche Schließfächer die Schlüssel herstellte. Er gab die Nummer des Schlüssels durch, und innerhalb von fünf Minuten hatte er die gewünschte Auskunft.

Als Hawes und Carella kurze Zeit später vor den Schließfächern standen, unkte Hawes: »Angenommen, es ist leer?«

»Angenommen, in der nächsten Minute stürzt der Bahnhof ein«, konterte Carella.

»Könnte doch sein«, meinte Hawes.

»Mach mich nicht verrückt«, sagte Carella und drehte den Schlüssel herum. Ein Koffer stand darin.

»Sicher alte Klamotten«, näselte Hawes.

»Cotton, mein Freund«, bat Carella, »Cotton, bitte, hör mit deinen Witzen auf. Wirklich, Junge, hör auf damit. Ich bin ein sehr leicht erregbarer Mensch.«

»Vielleicht ist eine Bombe im Koffer«, meinte Hawes.

Carella zog den Koffer heraus.

»Ist er verschlossen?«

»Nein.«

»Dann mach ihn endlich auf!«

»Ich versuche es ja schon. Meine Hände zittern nur.«

Geduldig wartete Hawes, bis Carella endlich soweit war.

Ihr erster Blick fiel auf vier große braune Kuverts. Im ersten waren zwölf Fotokopien des Briefes an Schlesser, den der Anwalt des Mannes, der die Maus in seiner Limonade fand, an ihn geschrieben hatte.

»Beweisstück A«, sagte Carella.

»Nichts, was wir nicht schon wissen«, erwiderte Hawes. »Mach das nächste auf!«

Im zweiten Kuvert befanden sich zwei Kontenblätter, die von einer Firma Ederle & Cranshaw, Inc. stammten. Beide Buchhaltungsunterlagen waren von einem Prokuristen Anthony Knowles unterzeichnet. Ein Vergleich der Kontenblätter ergab, daß das zweite eine Abschrift des ersten war und daß die erste Seite nicht völlig aufging. Es fehlten genau 30 744 Dollar 29. Aber das zweite Blatt stimmte sehr genau. Mr. Knowles, wer immer er war, hatte die Firma Ederle & Cranshaw um dreißig Mille betrogen und dann die Konten frisiert, um das Defizit zu decken.

Auf unerklärliche Weise hatte es Kramer verstanden, sich eine Kopie der beiden Kontenblätter zu besorgen, und hatte damit Knowles erpreßt. Zweifellos stammten die elfhundert Dollar im Monat von ihm.

»Nicht von Pappe«, meinte Carella. »Wir werden uns Knowles vornehmen müssen.«

»Genau«, antwortete Hawes. »Vielleicht ist er der Mann, der unseren Freund Kramer ins Jenseits befördert hat.«

Kuvert Nummer drei enthielt sechs Negative und Abzüge von Fotos, auf denen Lucy Mencken nackt oder fast nackt posierte. Hawes und Carella betrachteten die Fotos, und es schien, als hätten sie nicht nur berufliches Interesse daran.

»Hübsch«, meinte Hawes.

»Ja«, stimmte Carella zu.

»Du bist verheiratet«, erinnerte ihn Hawes.

»Lucy auch«, antwortete Carella lächelnd. »Damit ist sie auch für dich tabu.«

»Glaubst du, daß sie Kramer getötet hat?«

»Ich weiß nicht. Aber vielleicht finden wir in dem letzten Umschlag die Antwort. Ich glaube, er ist leer«, sagte er plötzlich erstaunt.

»Was? Du hast ihn ja noch nicht mal aufgemacht. Woher willst du ...«

»Er fühlt sich so leicht an«, sagte Carella.

»Mach ihn schon auf!«

Carella öffnete ihn.

Sie fanden nur einen Bogen Luftpostpapier, auf dem mit einer Schreibmaschine, kaum lesbar, vier Wörter geschrieben standen:

ICH HABE ES GESEHEN.

17

Jede Rechenaufgabe hat ihre Grenze. Man kann zwei und zwei zusammenzählen und erhält vier. Und man kann zwei von vier abziehen, das ergibt zwei. Zwei mit zwei multipliziert gibt vier. Und dann kann man noch die Wurzel aus vier ziehen. Dann hat man wieder zwei. Womit man wieder am Anfang ist.

So ähnlich erging es den Detektiven des 87. Reviers unmittelbar nach der Festnahme Anthony Knowles'. Er gab die Unterschlagung und die Urkundenfälschung zu, aber für den Abend, an dem Kramer erschossen wurde, hatte er ein hieb- und stichfestes Alibi.

Das ist dann der Moment, wo man wieder am Ende seiner Weisheit ist. Man hat addiert und subtrahiert – alles umsonst.

Jetzt kann man sich nur noch auf seine Spürnase verlassen. Ein Detektiv braucht Intuition, sonst ist er verloren. Mit Tatsachen kommt man nämlich nicht immer voran, gleich gar nicht, wenn sie aussehen wie in diesem Fall.

Kramer erpreßte Geld von drei Opfern, und zwar legte er willkürlich drei unterschiedliche Summen fest.

Dreihundert Dollar für eine Maus in Limonade.

Fünfhundert Dollar dafür, daß man sich vor einem Fotografen ausgezogen hat, und elfhundert Dollar für eine kleine Korrektur, um eine Unterschlagung zu decken.

Kramer hatte noch eine weitere Einkommensquelle. Aus dieser hatte er seine Wohnung bezahlt, seine Wagen und seine Anzüge und sein Bankkonto mit fünfundvierzigtausend Dollar eingerichtet. Die ersten drei Kuverts waren also praktisch die Grundlagen Kramers regelmäßigen Einkommens. Das vierte enthielt eine Notiz: ICH HABE ES GESEHEN. Das war die Kopie einer Mitteilung, die wahrscheinlich an jemand geschickt worden war. War sie der Schlüssel zu den großen Bezügen? Und wenn ja, wem hatte Kramer diesen Zettel geschickt? Und vor allem, was hatte Kramer gesehen?

Tatsachen, immer wieder neue Tatsachen.

Ein Mann namens Phil Kettering war verschwunden. Puff! Einfach in Luft aufgelöst. Weshalb? Wo war er jetzt? Hatte er Kramer ermordet? War er der Mann, dem Kramer die Nachricht ICH HABE ES GESEHEN geschickt hatte? Und was, ja, was, zum Teufel noch mal, hatte Kramer denn gesehen?

Tatsachen.

Zählt sie zusammen.

Zwei und zwei ist vier.

Und manchmal null.

Cotton Hawes verließ sich auf seinen Riecher, und zwar tat er das in seiner Freizeit. Sollte er sich irren, wollte er nicht noch das Geld und die Zeit der Steuerzahler verschwenden. Wenn er recht hätte, würde es noch genug zu tun geben. Aber selbst dann blieben immer noch eine Menge unbeantworteter Fragen. Er war schon fast so weit, daß er wünschte, bei Beendigung des Krieges die Wiedereintrittspapiere als Soldat unterschrieben zu haben. Er wünschte sich fast, er wäre mitten auf dem Pazifik auf einem Zerstörer, wo es keine Rätsel, keine Verdächtigen und keine Leichen gab.

Am Mittwochmorgen, dem 17. Juli, setzte sich Hawes in sein Auto, ohne vorher jemand im Revier zu erzählen, wohin er fahren würde. Hawes überquerte den River Harb und nahm den Greentree Highway, fuhr vorbei an der Stadt, wo er mit einer Anthropologie-Studentin namens Polly einen Abend verbracht hatte. Die Erinnerung daran war süß. Er fuhr am Zuchthaus Castleview vorbei hinauf in den Staat New York und in Richtung der Adirondacks und dem Kukabonga-Jagdhaus.

Jerry Fielding erkannte ihn sofort wieder, als er vorfuhr. Er kam die Stufen herunter und streckte ihm erfreut die Hand entgegen.

»Ich habe gehofft, daß Sie wiederkommen«, sagte er. »Hatten Sie schon Glück mit Kettering?«

»Nein«, antwortete Hawes und schüttelte Fielding die Hand. »Wir können ihn nicht finden.«

»Das sieht schlecht aus für ihn, was?«

»Sehr schlecht. Sagen Sie, kennen Sie sich gut in diesen Wäldern aus?«

»Wie in meiner Hosentasche.«

»Würden Sie mich führen?«

»Wollen Sie ein bißchen jagen?« erkundigte sich Fielding.

»In gewissem Sinne, ja«, gab Hawes zu. »Vor allem interessiert mich der See.«

»Ist Ihnen warm?« fragte Fielding erstaunt.

»Vielleicht«, meinte Hawes. »Vielleicht bekomme ich aber auch kalte Füße. Das wird sich in Kürze herausstellen.«

Fielding nickte. »Ich hole mir nur schnell meine Pfeife.«

Es dauerte eine Stunde, bis sie die Stelle fanden. Sie lag zwischen dem See und der Straße. Das dichte Sommergras war schon nachgewachsen. Trotzdem konnte man deutlich die Reifenspuren darunter erkennen. Hawes ging bis ans Ufer des Sees heran und blickte ins Wasser.

»Suchen Sie was da unten?« fragte Fielding.

»Ein Auto«, antwortete Hawes.

Er war bereits dabei, Hemd und Hosen aufzuknöpfen und seine Badehose anzuziehen. Einen Augenblick stand er am Rande des Wassers.

»Das ist eine ziemlich tiefe Stelle«, bemerkte Fielding.

»Habe ich nicht anders erwartet«, antwortete Hawes und sprang in den See.

Die Wellen schlugen über ihm zusammen. Für Juli war das Wasser sehr kalt. Die Geräusche der Tiere und Insekten im Walde waren plötzlich wie abgeschnitten. Er befand sich in einer stillen, dunklen Welt, als er langsam, aber mit kräftigen Stößen hinuntertauchte.

Das Auto lag auf dem Grund wie das Wrack eines gesunkenen Schiffes. Hawes bekam den Türgriff zu fassen und zog sich ganz heran. Er versuchte in das Auto hineinzuschauen. Aber es war unmöglich. Der Grund des Sees war zu dunkel, und die Luft ging ihm auch aus. Er stieß sich ab und schwamm wieder nach oben.

»Was gefunden?« fragte Fielding, als er auftauchte.

Hawes atmete zuerst tief durch.

»Was für einen Wagen fuhr Phil Kettering?«

»Ich glaube, einen Plymouth.«

»Der da drunten ist ein Plymouth. Leider kann ich nicht hineinsehen. Wir brauchen einen Unterwasserscheinwerfer und vielleicht ein Brecheisen, um die Türen aufzubrechen, falls sie verschlossen sind. Können Sie schwimmen, Fielding?«

»Wie ein Hai.«

»Gut.« Hawes stieg aus dem Wasser. »Wieviel Telefone haben Sie?«

»Zwei. Warum?«

»Während Sie die Geräte bestellen, möchte ich die Kraftfahrzeugzulassungsstelle in der Stadt anrufen. Ich muß mir Gewißheit verschaffen. Sie können schon telefonieren, wenn Sie wollen. Ich muß wegen der Autonummer noch mal hinunter.«

»Wenn Sie nicht in den Wagen hineinsehen können, wie wollen Sie dann das Nummernschild lesen?« gab Fielding zu bedenken.

»Das ist eine gute Frage. Also gut, holen wir uns zuerst eine Lampe.«

Während sie nach Griffins telefonierten, fiel Hawes ein, daß sie wesentlich mehr als nur einen Unterwasserscheinwerfer und ein Brecheisen brauchten. Also bestellte er Tauchmasken und Sauerstoffbehälter. Als die Sachen am späten Nachmittag ankamen, gingen er und Fielding wieder zum See hinunter, zogen sich um und tauchten.

Wieder herrschte diese unheimliche Stille. Wieder schloß sich der See über den beiden Männern und schnitt jedes Geräusch der Welt ab.

Hawes trug den Scheinwerfer, Fielding das Brecheisen. Während sie tauchten, mußte Hawes immer wieder denken ... falls das Ketterings Wagen ist ... falls das wirklich Ketterings Wagen ist ...

Und dann kam ihm plötzlich ein ganz neuer Gedanke. Wenn es sich in der Tat um Ketterings Fahrzeug handelte, hätte er mit seiner Vermutung recht gehabt. Er hatte angenommen, daß Phil Kettering hier in Kukabonga getötet worden war, was erklären würde, daß man in der Stadt keine Spur von ihm fand. Er war aus den Bergen nicht zurückgekommen. Er war hier von jemand umgebracht worden, der auch seine Leiche beseitigt hatte. Sy Kramer hatte den Mord beobachtet und später den Zettel ICH HABE ES GESEHEN an den Mann gebracht. Der Mörder von Phil Kettering müßte demnach die gleiche Person sein, die Kramer für sein Schweigen die großen Beträge gegeben hatte. Diese Person hatte auch ein zwingendes Motiv, Kramer zu töten.

Der neue Gedanke jagte Hawes irgendwie Angst ein, denn wenn Kettering hier in Kukabonga ermordet worden war und dieser Mann dann Kramer erschossen hatte, was sollte ihn davon abhalten, einen dritten Mord zu riskieren?

Jerry Fielding war in Kukabonga gewesen, als Kettering ermordet wurde. Der gleiche Jerry Fielding hielt gerade ein Brecheisen in der Hand, während sie auf den dunklen Grund des Sees hinuntertauchten. Falls das Auto tatsächlich Kettering gehörte, und falls Kettering ermordet worden war, konnte ihn nicht auch Jerry Fielding umgebracht haben?

War Hawes mit einem Mörder hier unter Wasser? Kein angenehmer Gedanke. Das schrecklichste war, er konnte nichts tun als warten.

Fielding schwamm dicht hinter ihm, das Brecheisen in der Hand. Hawes richtete den Lichtstrahl auf das Nummernschild. Die Nummer war 39 X – 1412. Schweigend wiederholte er sie ein paarmal und prägte sie sich in seinem Gedächtnis ein. Dann deutete er Fielding durch Gesten an, zur Tür des Wagens zu kommen. Fielding schwamm näher heran. Sein Gesicht hinter der Maske wirkte gleichzeitig grotesk und brutal. Er schien nicht mehr der milde, freundliche Mann zu sein, den Hawes an Land kennengelernt hatte. Das Brecheisen war eine tödliche Waffe. Hawes leuchtete in den Wagen. Ihm war klar, daß Ketterings Leiche auf dem Wagenboden liegen mußte und vom Fenster aus nicht zu sehen wäre, falls sie tatsächlich im Auto war.

Wieder gab er Fielding ein Zeichen. Aber der schien nicht zu verstehen und stand bewegungslos da, das Brecheisen in der Hand.

Hawes schwamm um den Wagen herum und probierte die andere Tür. Sie waren beide verschlossen. Dann kam er zurück und deutete auf die Tür neben dem Fahrersitz.

Fielding verstand jetzt und nickte. Mit vereinten Kräften stemmten sie das Brecheisen zwischen Tür und Rahmen und zogen daran, bis die Tür nachgab. Als Hawes ins Auto kroch, fiel ihm ein, daß Fielding ja nur die Tür zuzuschlagen brauchte. Er würde jämmerlich ersticken, sobald sein Sauerstoff verbraucht war. Und Fielding stand draußen und wartete.

Hawes leuchtete den Boden ab, fand aber von Kettering keine Spur. Auch der Kofferraum war leer. Falls der Wagen Kettering gehörte, seine Leiche war nicht darin.

Zusammen schwammen Hawes und Fielding wieder an die Oberfläche.

Hawes überlegte, ob er sich bei Fielding wegen seines Mißtrauens entschuldigen müßte. Aber er schwieg. Statt dessen ging er ins Haus und rief die Kraftfahrzeugzulassungsstelle an. Zehn Minuten später erfuhr er, daß der Plymouth mit dem polizeilichen Kennzeichen 39 X - 1412 auf einen Mann namens Philip Kettering, wohnhaft in Sand's Spit, zugelassen war.

Hawes bedankte sich und legte auf.

Cotton war ein Mann, der Klarheit liebte. Er würde Fieldings weitere Hilfe brauchen, und er wollte sofort wissen, woran er mit ihm war.

»Werden Sie jetzt nicht böse auf mich«, begann er.

»Warum sollte ich?« fragte Fielding.

»Sie werden schon sehen. Ketterings Wagen liegt auf dem Grund, aber seine Leiche ist nicht zu finden. Nach meiner Meinung hat man ihn irgendwo hier in den Wäldern vergraben, und zwar in der Nähe von der Stelle, wo das Auto ins Wasser gestoßen wurde.

Ich nehme an daß jemand aus diesem Jagdhaus Kettering getötet hat und dabei von Kramer beobachtet wurde. Kramer begann seine Erpressung und unterzeichnete damit sein eigenes Todesurteil. So sehe ich die Sache.«

»Und ich war hier, als es Kettering erwischte — falls er ermordet wurde.«

»Richtig.«

»Es ist Ihr Beruf«, sagte Fielding. »Ich verstehe.«

»Okay. Wo waren Sie an dem Morgen, als Kettering vor seiner Abreise in den Wald ging?«

»Ich war hier, bis alle meine Gäste gefrühstückt hatten. Dann fuhr ich nach Griffins.«

»Weshalb?«

»Um Lebensmittel einzukaufen.«

»Wird man sich dort daran erinnern?«

»Ich war den ganzen Vormittag in Griffins und habe meine Vorräte aufgefüllt. Sicherlich wird man sich erinnern. Wenn nicht, kann man ja die Rechnungskopien heraussuchen. Ich fahre immer morgens und hätte nicht die Zeit gehabt, Kettering zu töten, seinen Wagen in den See zu schieben und ihn zu verscharren.«

»Wollen Sie bitte mal den Laden in Griffins anrufen«, bat Hawes.

»Ich werde wählen, und Sie können sprechen. Der Besitzer heißt Pete Canby. Sagen Sie ihm ruhig, um was es sich handelt.«

»An welchem Tag fuhr Kettering hier ab?« fragte Hawes.

»Es war ein Mittwoch. Ich sehe mal nach, welches Datum das war.«

Als Fielding zurückkam, sagte er: »Es war der 5. September. Ich rufe jetzt Pete an, dann können Sie mit ihm sprechen.«

Fielding rief das Lebensmittelgeschäft an, und Hawes sprach mit dem Inhaber. Canby sah in seinen Unterlagen nach. Jerry Fielding war tatsächlich am Vormittag des 5. September dort gewesen.

Hawes legte auf.

»Es tut mir leid«, sagte er.

»Ist schon gut«, antwortete Fielding. »Das ist ja Ihr Beruf. Wie wär's, wenn wir uns jetzt auf den Weg machten und Kettering suchten?«

Stunden waren vergangen, und sie hatten nichts gefunden.

Cotton Hawes fuhr in die City zurück. Er hatte bereits eine neue Idee. Eine, die ihm fast das Leben kostete.

Kramers Mörder war einer der drei Männer. Soviel wußte er jetzt. Frank Ruther, Joaquim Miller oder John Murphy.

Nur welcher von ihnen es war, das wußte Hawes noch nicht. Und nachdem Kramer tot war und Ketterings Leiche wahrscheinlich irgendwo unauffindbar in den Adirondack-Bergen vergraben lag, hatte er höchstwahrscheinlich auch keine Chance, den Mörder zu entlarven, es sei denn, mit einem Bluff.

Hawes ging dabei von der Überlegung aus, daß der Mörder ähnlich wie Lucy Mencken reagieren würde. Torr hatte auch nichts in der Hand gehabt, und trotzdem war sie auf alle seine Vorschläge eingegangen, hatte die Lüge geglaubt und war bereit gewesen zu zahlen. Wenn sein Bluff wirkte, dann erwischte er den Mörder. Wenn nicht, war ja nichts verloren, und er hatte Zeit genug, es auf eine andere Weise zu versuchen.

Er beging jedoch einige Fehler in seinen Überlegungen, und diese Fehler hätten ihm, wie gesagt, beinah das Leben gekostet.

Die erste Dummheit, die er beging, war, daß er seinen Kollegen vom Revier nichts von seinem Plan erzählte.

Es war schon vier Uhr morgens, als er in die Stadt zurückkam. Er nahm sich im Hotel Parker im Zentrum unter dem Namen David Gorman ein Zimmer. Von dort aus gab er drei gleichlautende Telegramme auf. Eines ging an Ruther, eines an Miller und das dritte an Murphy.

Die Telegramme lauteten:

ICH WEISS ÜBER KETTERING BESCHEID. ICH BIN BEREIT ZU VERHANDELN. KOMMEN SIE HEUTE MITTAG UM 12 UHR INS HOTEL PARKER, ZIMMER 1612. ICH WERDE AUF SIE WARTEN. KOMMEN SIE ALLEIN. DAVID GORMAN

Es war vier Uhr dreizehn. Um halb fünf, das muß man Hawes zugute halten, rief er das Revier an. Er hoffte, Carella zu erreichen. Meyer Meyer meldete sich.

»87. Polizeirevier, Meyer am Apparat.«

»Meyer, hier ist Cotton. Ist Steve da?«

»Nein«, antwortete Meyer. »Er ist zu Hause. Was gibt's?«

»Kommt er heute morgen ins Revier?«

»Ich glaube, um acht Uhr. Soll ich ihm was ausrichten?«

»Sag ihm, sobald er kommt, er soll mich im Hotel Parker anrufen, ja?«

»Klar«, versprach Meyer. »Wie heißt denn dein Schatz?«

»Ich wohne in 1612.«

»Ich werd's ihm sagen.«

»Danke«, sagte Hawes und hängte ein.

Jetzt konnte er nichts tun als warten.

In Gedanken ging er die drei Verdächtigen noch einmal durch. Keiner von ihnen war ein guter Schütze. Aber um jemand auf ein paar Schritt Entfernung mit einer Großwildbüchse zu treffen, braucht man auch kein Meisterschütze zu sein.

Murphy war wahrscheinlich der letzte, dem man eine tödliche Zielgenauigkeit zutrauen konnte. Andererseits war Murphy ein hervorragender Autofahrer. Und der Mann, der Kramer erschossen hatte, saß in einem Auto.

Jeder von den dreien konnte möglicherweise eine große Summe Geldes bezahlt haben. Ruther hatte Geld geerbt, das er angeblich verjubelt hatte. Genausogut konnte er es Kramer gegeben haben.

Miller war Grundstücksspekulant, der immerhin runde dreißigtausend damit verdient hatte. Wer weiß, vielleicht waren es auch fünfzig oder mehr? Und Murphy? Als ehemaliger Börsenmakler hatte er genügend Geld, sich ein schönes Haus zu leisten und in ein paar Klubs Mitglied zu sein. Von seinem Porsche und den Rennfahrerambitionen gar nicht zu reden. Auch er hätte es sich leisten können, an Kramer zu zahlen.

In Frage kamen sie demnach alle drei. Jeder von ihnen war an dem Morgen, als Kettering abreiste, in Kukabonga gewesen. Einer von ihnen konnte Kettering und später Kramer getötet haben. Ihm blieb nichts übrig, als zu warten. Es würde ja bald an die Tür klopfen, und dann hatte er seinen Mörder. Jetzt war es nur noch eine Frage der Zeit. Spätestens um zwölf Uhr mittags würde er Bescheid wissen.

Er sah auf die Uhr. Jetzt war es fast halb sechs. Er nahm seinen Revolver aus der Schulterhalfter und legte ihn vor sich auf den Tisch. Dann kuschelte er sich in den Sessel und schlief ein.

Das Klopfen an der Tür kam schneller, als er erwartet hatte. Er wachte auf, rieb sich mit den Fäusten die Augen und blickte auf seine Uhr. Es war neun. Das Zimmer lag in grellem Sonnenlicht. Er hatte noch drei Stunden Zeit.

»Wer ist da?« fragte er.

»Der Hausdiener«, antwortete eine Stimme.

Hawes ließ seinen Revolver auf dem Tisch liegen und stand auf. Langsam öffnete sich die Tür.

Der Mörder stand vor ihm. Dreifach.

18

Jeder der drei Männer hielt einen Revolver in der Hand.

»Zurück!« befahl Ruther.

»Schnell!« rief Murphy.

»Keinen Ton!« warnte Miller.

Hawes machte wahrscheinlich kein besonders intelligentes Gesicht. Er war zu überrascht. Ohne ein Geräusch zu verursachen, drängten ihn die Männer ins Zimmer. Miller schloß die Tür ab. Murphy ging zum Fenster und ließ die Jalousie herunter. Ruthers Blick blieb an Hawes' leerer Schulterhalfter hängen.

»Wo ist Ihre Waffe?« fragte er.

Hawes deutete mit dem Kopf auf den Tisch.

»Nimm sie, John«, sagte Miller zu Murphy. Der alte Mann ging zum Tisch und steckte die Waffe in seinen Gürtel.

»Sie haben wir nicht erwartet, Mr. Hawes«, sagte Ruther. »Wir nahmen an, es gäbe wirklich einen David Gorman. Weiß jemand ...«

Das Telefon läutete.

Hawes zögerte.

»Nehmen Sie ab!« befahl Ruther.

»Was soll ich sagen?«

»Weiß jemand, daß Sie hier sind?«

»Nein«, log Hawes.

»Dann ist es wahrscheinlich der Empfang. Sprechen Sie ganz normal. Beantworten Sie nur, was Sie gefragt werden. Keine Mätzchen, verstanden?«

Hawes hob den Hörer ab. «Hallo?«

»Cotton? Hier ist Steve.«

»Ja, hier ist Zimmer 1612«, antwortete Hawes.

»Was?«

»Mr. Hawes am Apparat.«

Steve Carella schwieg. Hawes konnte fast fühlen, wie Carella die Achseln zuckte. Dann sagte Carella: »Na gut. Dort ist also das Zimmer 1612, Mr. Hawas am Apparat. Was soll der Quatsch, Cotton?«

»Ja, richtig. Ich habe Frühstück bestellt«, sagte Hawes.

»Erst vor zehn Minuten.«

»Was?« fragte Carella. »Du, hör mal gut zu, Cotton ...«

»Weshalb soll ich meine Bestellung wiederholen?« fragte Hawes. »Also gut. Ich habe Fruchtsaft bestellt, Kaffee und Toast. Ja, das ist alles.«

»Spricht dort Cotton Hawes?« fragte Carella. Er war jetzt völlig durcheinander.

»Ja.«

»Aber was, zum Teufel ...«

Hawes hielt die Hand über die Sprechmuschel und sagte: »Sie wollen das Frühstück heraufbringen.«

»Nein«, schnauzte Ruther.

»Laß sie doch«, schlug Murphy vor. »Wir wollen doch nicht, daß sie auf die Idee kommen, hier sei etwas nicht in Ordnung.«

»Er hat recht, Frank«, meinte Miller.

»Also gut. Sagen Sie Bescheid, man soll das Frühstück heraufschicken. Aber keine Tricks, verstanden?«

Hawes nahm die Hand von der Muschel. »Hallo?«

»Cotton«, sagte Carella geduldig. »Ich bin gerade erst ins Büro gekommen. Ich hatte vorher noch was zu erledigen. Meyer hat auf meinem Tisch eine Nachricht hinterlassen, ich soll dich sofort im Hotel Parker anrufen. Und ...«

»Kommen Sie gleich herauf«, sagte Hawes.

»Wie?«

»Bringen Sie es rauf. Zimmer 1612.«

»Cotton, hast du den ...«

»Ja, ich warte«, sagte Hawes und legte auf.

»Was hat er gesagt?« erkundigte sich Ruther.

»Er hat gesagt, er würde es raufschicken.«

»Wann?«

Hawes überlegte fieberhaft, wie lange ein Wagen mit Sirene und Blaulicht vom Revier bis zum Hotel brauchte. »Spätestens in einer Viertelstunde«, sagte er und wünschte im gleichen Augenblick, er hätte eine halbe Stunde gesagt. Angenommen, Carella hatte ihn nicht verstanden?

»Ich habe nur einen von Ihnen erwartet«, fuhr Hawes fort. Er hatte sich überlegt, daß er so lange sicher war, bis der Kellner angeblich mit dem Frühstück kam. Die Frage war nur, wie lange würden diese Männer warten? Er mußte eine Unterhaltung in Gang bringen, um Zeit zu sparen. Wenn ein Mann redet, achtet er nicht auf die Zeit.

»Wir hätten es uns denken sollen«, sagte Ruther. »Dieser Satz ›Kommen Sie allein‹ in Ihrem Telegramm war so eigenartig. Wenn Sie über die Sache mit Kettering wirklich Bescheid gewußt hätten, müßten Sie auch gewußt haben, daß es uns alle drei betrifft. Ich habe vorübergehend geglaubt, dieser Gorman wollte damit sagen, ohne Polizei. Aber wir haben uns geirrt, nicht wahr?«

»Ja«, antwortete Hawes.

»Was wissen Sie von Kettering?«

»Daß sein Auto auf dem Grund des Sees in Kukabonga liegt und daß man ihn wahrscheinlich irgendwo im Wald vergraben hat. Was gibt's sonst noch zu wissen?«

»Oh, eine ganze Menge«, sagte Miller.

»Weshalb haben Sie ihn umgebracht?« fragte Hawes.

»Aber es war ein . . .«, begann Miller, doch Ruther rief dazwischen: »Halt's Maul, Joaquim!«

»Weshalb denn?« fragte Miller. »Vergißt du, weshalb wir hergekommen sind?«

»Er hat recht, Frank«, meinte Murphy. »Was spielt das jetzt noch für eine Rolle?«

Der alte Mann hatte einen Revolver in der Hand und einen im Gürtel. Er sah ausgesprochen lächerlich aus. Genau wie ein uralter Sheriff aus einer längst vergessenen Stadt im Wilden Westen.

»Weshalb haben Sie Kettering getötet?« wiederholte Hawes.

Miller sah Ruther fragend an. Dieser nickte.

»Es war ein Unfall«, sagte Miller. »Er ist versehentlich erschossen worden.«

»Von wem?«

»Das wissen wir nicht«, antwortete Miller. »Wir drei hatten zusammen gejagt. Wir sahen etwas und glaubten, es wäre ein Fuchs. Wir ballerten zur gleichen Zeit los. Der Fuchs war aber Kettering. Wir hörten ihn noch schreien, aber als wir hinkamen, war er schon tot. Wir wußten nicht, wessen Kugel getroffen hatte.«

»Meine war es nicht«, sagte Murphy leise.

»Das weißt du ja nicht, John«, sagte Ruther.

»Jawohl, ich weiß es. Ich habe mit einer dreihunderter Savage geschossen. Ihr beide habt Zweiundzwanziger benutzt. Wenn mein Schuß ihn getroffen hätte, wäre seine Leiche . . .«

»Du weißt es nicht«, wiederholte Ruther.

»Doch, verdammt noch mal. Ich weiß es. Kettering wurde von einer eurer Zweiundzwanziger getötet.«

»Weshalb hast du das damals nicht gleich gesagt?«

»Ich konnte nicht klar denken. Das wißt ihr. Keiner von uns konnte richtig überlegen.«

»Was geschah weiter?« fragte Hawes.

»Wir saßen mitten im Wald mit einem toten Mann«, berichtete Miller. Auf seiner Oberlippe standen kleine Schweißperlen.

Jetzt, wo er die ganze Szene noch einmal vor Augen hatte, kamen seine Worte stockend und mühsam.

»Der Wald war still. Kein einziger Laut war zu hören. Wir wagten kaum zu atmen. Erinnerst du dich, Frank? Erinnerst du dich, wie still der Wald wurde, als Kettering aufgehört hatte zu schreien?«

»Ja«, antwortete Ruther leise. »Ja.«

»Wir standen um die Leiche herum. Zu dritt in dieser unheimlichen Stille.«

Und auf einmal war es Hawes, als wäre er mit ihnen in den Bergen. Er sah Kettering auf dem moosigen Waldboden liegen, glaubte, seinen Todesschrei zu hören und die darauf folgende Stille zu fühlen. Den drei Männern um ihn herum schien es ähnlich zu ergehen. Auch sie fühlten sich an diese Stätte zurückversetzt, waren wieder in den Adirondacks, erlebten die Szene noch einmal und spürten das gleiche nackte Entsetzen wie damals.

»Wir wußten nicht, was wir tun sollten«, sagte Miller endlich.

»Ich wollte es der Polizei melden«, warf Murphy ein.

»Aber wie konnten wir das tun?« bellte Ruther. »Er war tot. Verflucht noch mal, du wußtest doch, daß er tot war!«

»Ja, aber es war ein Unfall.«

»Welche Rolle spielt das? Wieviel Männer sind schon wegen eines Unfalls einen Kopf kürzer gemacht worden.«

»Wir hätten es melden müssen.«

»Wir konnten doch nicht. Angenommen, man hätte uns nicht geglaubt? Angenommen, man hätte gedacht, wir hätten ihn absichtlich erschossen?«

»Sie hätten uns schon geglaubt.«

»Aber, selbst wenn sie uns geglaubt hätten«, sagte Ruther, »mit meinem Geschäft wäre es zu Ende gewesen.«

»Und mit meiner Stellung auch«, fügte Miller hinzu.

»Unser Bild wäre in jeder Zeitung erschienen, und niemals wären wir den Zweifel losgeworden: wer hat ihn erschossen? Einer von uns muß es getan haben. Wie hätten wir damit weiterleben können?«

»Trotzdem hätten wir es melden müssen«, wiederholte Murphy düster.

»Wir haben das Richtige getan«, sagte Miller. »Niemand hat uns gesehen. Niemand konnte es wissen.«

»Es war kein Mord. Wir hätten es . . .«

»Er war tot! Verflucht noch mal, tot! Wolltest du, daß die Polizisten und Reporter dein Leben ruinieren? Es wäre die Hölle gewesen. Wolltest du, daß alles, wofür du geschuftet hast, nur wegen eines verdammten Unfalls ruiniert wird?

Er war tot, und niemand konnte ihn wieder lebendig machen.

Wir wußten, daß er erledigt war und nur eine Schwester hatte, mit der er sich nicht vertrug. Also, was hätten wir denn sonst tun können? Vielleicht unsere Existenz wegen eines Mannes ruinieren, der tot ist? Darauf vertrauen, daß das Gericht vielleicht mildernde Umstände annimmt? Wir haben das einzige getan, was wir tun konnten.«

»Ihr habt vermutlich recht«, sagte Murphy schließlich.

Hawes konnte sich in ihre Lage versetzen. Bestimmt hatten sie damals ähnlich diskutiert. Die Panik war der Grund ihres Kurzschlusses gewesen.

»Wir haben ihn begraben«, fing Miller wieder an. »Dann haben wir den Wagen in den See geschoben. Wir waren fest davon überzeugt, daß uns niemand bemerkt hat.«

»Sie hätten es melden sollen«, sagte Hawes. »Schlimmstenfalls wären Sie wegen Totschlags verurteilt worden. Es hätte genausogut als Unfall angesehen werden können, und Sie wären freigesprochen worden.«

»Wir hatten keine Zeit, einen Anwalt zu konsultieren, Mr. Hawes«, sagte Ruther bitter. »Wir hatten gerade so viel Zeit, um etwas zu unternehmen, und wir unternahmen, was wir für das Beste hielten. Ich weiß nicht, was Sie getan hätten?«

»Ich hätte es gemeldet«, sagte Hawes.

»Vielleicht. Vielleicht aber auch nicht. Es ist leicht für Sie, jetzt kaltschnäuzig zu behaupten, Sie hätten es gemeldet. Sie haben nicht dagestanden mit dem Gewehr in der Hand und mit einem toten Mann zu Ihren Füßen wie wir. Vom Schreibtisch aus sind Entscheidungen immer leichter zu treffen. Wir mußten uns entscheiden, und zwar schnell. Haben Sie je einen Menschen getötet, Hawes?«

»Nein.«

»Dann reden Sie auch nicht so daher, was Sie getan oder unterlassen hätten. Wir wußten einfach keinen anderen Ausweg.«

»Wir glaubten, es sei Mord. Verstehen Sie denn nicht?« fragte Miller.

»Ich habe euch gesagt, wir sollten es melden«, begann Murphy wieder. »Ich habe es euch gesagt, aber nein, ihr habt darauf bestanden. Ihr Feiglinge! Ich hätte nicht auf euch hören sollen.«

»Du sitzt im gleichen Boot, also halt dein Maul«, schnauzte Miller. »Wie konnten wir wissen, daß man uns gesehen hat?«

»Kramer?« fragte Hawes.

»Ja«, antwortete Ruther. »Kramer, dieser Hund!«

»Wann bekamen Sie seinen Brief mit den Worten: ICH HABE ES GESEHEN?«

»Am gleichen Tag, als wir zurückkamen.«

»Und dann?«

»Er rief uns an. Wir trafen uns im September mit ihm. Er sagte, er betrachte uns alle drei als Mörder. Er hatte alles gesehen, wie wir ihn begruben und wie wir das Auto in den See schoben. Und nachdem er uns für schuldig hielt, sagte er, wären wir auch nach dem Gesetz schuldig. Also erwarte er von jedem den gleichen Anteil. Er verlangte sechsunddreißigtausend Dollar. Von jedem zwölf.«

»Das erklärt seine Ausgaben im September. Wie ging's weiter?«

»Im Oktober kam er mit einer neuen Forderung«, antwortete Ruther. »Er wollte wieder von jedem von uns zehntausend. Also dreißig insgesamt. Das wäre seine letzte Forderung, versprach er. Da wir das Geld nicht auf einmal aufbringen konnten, war er mit zwei Raten einverstanden, eine im Oktober und die nächste im Januar. Wir trieben einundzwanzigtausend im Oktober auf. Und die restlichen neun hatten wir im Januar zusammen.«

»Wir hätten es uns denken sollen«, sagte Hawes leise. »Jede Einzahlung auf seiner Bank war durch drei teilbar. Ja, wir hätten darauf kommen müssen. Wie war das mit der April-Zahlung, die fünfzehntausend Dollar?«

»Den ganzen Winter hindurch hörten wir nichts mehr von ihm. Wir atmeten auf und glaubten, daß seine Forderung von dreißigtausend Dollar wirklich die letzte war«, sagte Murphy. »Dann rief er im April wieder an. Er wollte noch mal fünfzehntausend. Er schwor, das wäre die allerletzte Zahlung. Wir kratzten fünfzehntausend zusammen.«

»Und? Gab er dann Ruhe?«

»Nein«, antwortete Miller, »sonst würde er noch leben. Anfang Juni rief er wieder an und wollte weitere fünfzehntausend. Da haben wir beschlossen, ihn umzubringen.«

»Er hat uns ausgeblutet«, schrie Ruther. »Ich hatte gerade meine Agentur einigermaßen aufgebaut. Und jeden Cent, den ich verdiente, mußte ich Kramer in den Rachen werfen.«

»Wenn Mord je gerechtfertigt ist«, sagte Miller leise, »Kramers Mord war es.«

Hawes schwieg. »Wie haben Sie es gemacht?« fragte er dann.

»Wo bleibt das Frühstück?« wollte Ruther wissen.

»Wird schon kommen. Erzählen Sie mir, wie Sie Kramer erledigt haben.«

»Wir verfolgten ihn einen Monat lang«, berichtete Murphy. »Wir haben einen genauen Zeitplan ausgearbeitet und übernahmen Schichten. Uns war genau bekannt, um welche Zeit er wo hingeht. Wir kannten ihn besser als er sich selber.«

»Und weiter?« fragte Hawes.

»Am Abend des 26. Juni kauften wir eine dreihunderter Savage.«

»Weshalb gerade ein solches Gewehr?«

»Nun, erstens, weil wir uns blödsinnigerweise einbildeten, von Kramer bliebe dann nicht mehr viel übrig. Zweitens, weil ich eine Savage besitze«, sagte Murphy. »Wir dachten, wenn sich die Polizei doch für unsere Gewehre interessiert, würde ich als Verdächtiger ausscheiden.«

»Wer hat geschossen?« fragte Hawes.

Die Männer schwiegen.

»Sie sind alle schuldig. Es spielt also keine Rolle.«

»Der beste Schütze von uns hat gefeuert«, sagte Ruther. »Lassen wir es dabei bewenden.«

»Saß Murphy am Steuer?«

»Ja, ja, natürlich«, rief dieser sofort. »Ich bin ein ausgezeichneter Fahrer.«

»Was tat der dritte Mann?«

»Er saß mit einem zweiten Gewehr im Fond des Wagens. Wir wollten nicht aus zwei Gewehren schießen, es sei denn, der erste Schuß hätte Kramer verfehlt. Wir wollten, daß es so aussah, als wenn eine Person die ganze Sache erledigt hätte.«

»Es wäre Ihnen fast gelungen«, sagte Hawes.

»Es ist uns gelungen«, antwortete Ruther.

»Vielleicht. Vielleicht auch nicht. Eine Menge Leute arbeiten an diesem Fall. Ein zweiter Mord würde Ihnen nicht helfen.«

»Er würde uns aber auch nicht schaden, oder? Mord ist Mord. Man kann nur einmal hingerichtet werden.«

»Wo bleibt das Frühstück?« wollte Miller wieder wissen.

»Was haben Sie mit dem Gewehr gemacht?« fragte Hawes.

Gute zwanzig Minuten waren seit Carellas Anruf vergangen. Hawes machte sich langsam mit dem Gedanken vertraut, daß Steve nicht mehr kommen würde, und überlegte, welche Chancen er allein hatte.

»Genau das, was Sie angenommen haben«, beantwortete Ruther seine Frage. »Wir nahmen es auseinander und vergruben die einzelnen Teile an verschiedenen Stellen.«

»Ich verstehe«, meinte Hawes und überlegte fieberhaft. Murphy war offensichtlich das schwächste Glied in der Kette. Er war ein alter Mann, der nicht zielen konnte und der jetzt zwei Revolver hatte.

Erst jetzt fiel Hawes auf, daß die einzige Waffe ohne Schalldämpfer seine eigene war, nämlich der Revolver, der in Murphys Gürtel steckte.

»Haben Sie diese Revolver gekauft?« fragte Hawes.

»Sie gehören zu meiner Waffensammlung«, antwortete Murphy.

»Für einen Mann, der bei der ganzen Sache unschuldig ist«, log Hawes, »halten Sie für nichts und wieder nichts Ihren Buckel hin, Murphy.«

»Sie haben gerade behauptet, wir seien alle schuldig geworden, als wir Kramer töteten. Ich bin alt genug, Mister. Versuchen Sie nicht, mich aufs Kreuz zu legen.«

»Sie müssen schon zu alt sein!«

»Wie meinen Sie das?«

»Sie bedrohen mich mit einer Waffe, die nicht einmal entsichert ist.«

»Was?«

Murphy senkte eine Sekunde lang den Blick. Aber mehr Zeit brauchte Hawes auch nicht. Alles andere spielte sich in Sekundenschnelle ab. Mit einem einzigen Satz war er bei Murphy und schlug ihm mit der Kante seiner linken Hand auf das rechte Handgelenk. Ohne sich um die andern zu kümmern, schlug er noch einmal zu, mitten hinein in das erstaunte Gesicht des alten Mannes.

Murphy röchelte, als er zu Boden ging. Im gleichen Augenblick hörte Hawes das trockene »Plop« eines abgefeuerten Revolvers mit Schalldämpfer. Zehn Zentimeter von ihm entfernt zersplitterte das Holz des Fußbodens. Dann war Murphys Revolver in seiner

Hand. Hawes schnellte herum und feuerte. Die Waffe verursachte kaum ein Geräusch.

Sein erster Schuß warf Ruther um. Nur noch einer, zuckte es durch Hawes' Gehirn.

Miller lehnte an der Tür und hob den Revolver.

»Schmeiß die Waffe weg, Miller!« rief Hawes. »Mein erster Schuß wird sitzen!«

Miller zögerte eine Sekunde, dann ließ er seinen Revolver zu Boden fallen.

Hawes handelte instinktiv. Er stieß die Waffe mit dem Fuß unters Bett und wirbelte zu Murphy herum. Aber der alte Mann war noch immer bewußtlos.

Frank Ruther kauerte am Boden, hielt sich seine blutende Schulter und brüllte: »Weshalb hast du ihn nicht erschossen, du Idiot? Weshalb hast du ihn nicht erschossen?«

»Ich bin ein schlechter Schütze, das weißt du doch, Frank. Ich treffe nicht«, jammerte Miller.

Dann flog krachend die Tür auf. Steve Carella stürmte herein. Mit einem Blick nahm er alles in sich auf.

»Schon vorbei«, sagte er und hob die Schultern. »Sind das unsere Vögel?«

»Hm«, nickte Hawes.

»Sie also haben Kramer ...«

»Ja.«

»Das wär's also«, brummte Carella.

»Du mußt ja ganz schön gerast sein, um hierher zu kommen«, spöttelte Hawes. »Junge, Junge, bist du fix.«

»Ich habe zuerst gedacht, du spinnst, als ich dich am Telefon hörte«, verteidigte sich Carella. »Es hat mich eine Viertelstunde gekostet, bis bei mir der Groschen fiel. Zuerst nahm ich nämlich an, ich hätte dich bei deiner Lieblingsbeschäftigung mit einer Blonden, Brünetten oder Roten gestört.«

»Du hast eben eine schmutzige Phantasie.«

»Aber was regst du dich auf? Ich wäre doch nur im Weg gewesen«, sagte Carella und zuckte wieder mit den Schultern.

»Wenn du pünktlich zur Arbeit gekommen wärst, wie es sich gehört«, maulte Hawes, »hättest du meine Party nicht versäumt.«

»Ich sage dir doch, ich hatte noch etwas zu erledigen.«

»Was denn?«

»Ich war bei Lucy Mencken.«

»Weshalb?« erkundigte sich Hawes mißtrauisch.

»Ich gab ihr ein halbes Dutzend Negative und Abzüge. Mir hat die Vorstellung nicht gefallen, daß jemand für den Rest seines Lebens in Angst leben soll.«

»Hat sie sich dankbar gezeigt?« Hawes grinste anzüglich.

»An dem Kamin, in dem sie das Zeug verbrannt hat, haben wir uns heißen Grog gebraut. Es war sehr gemütlich.«

Hawes kniff ein Auge zu.

»Na, wer von uns hat jetzt die schmutzige Phantasie?« fragte Carella lächelnd.

Hawes hatte ein Prinzip: Gegen alles, was auf Wahrheit beruhte, verteidigte er sich nie. Er ging zum Telefon, nahm den Hörer ab und wartete, bis sich die Vermittlung meldete.

Dann verlangte er Frederic 7—8024.

Carella legte inzwischen Murphy und Miller Handschellen an.

Hawes fühlte sich plötzlich sehr müde. Er gähnte.

»Schlaf bloß nicht ein, Cotton«, bat Carella, »wir haben noch eine Menge Arbeit vor uns.«

Wieder gähnte Hawes und sah zu, wie Carella zum Fenster ging und die Jalousie hochzog.

Wie eine schräge Wand flutete das Sonnenlicht herein.

»87. Polizeirevier, Sergeant Murchison«, meldete sich eine Stimme.

»Dave, hier ist Cotton. Ich bin im Hotel Parker in Isola. Ich brauche eine Ambulanz und einige . . .«

Murchison hörte geduldig zu und machte sich Notizen.

Man konnte die spielenden Kinder im Grover Park deutlich hören. An einem Tag wie diesem wünschte sich Murchison, Parkwächter zu sein. Endlich legte Hawes auf.

Murchison war gerade dabei, eine Ambulanz und uniformierte Polizisten ins Hotel Parker zu schicken, als sein Telefonapparat schon wieder summte. Er seufzte und nahm den Hörer.

»87. Polizeirevier«, sagte er. »Sergeant Murchison.«

Ein neuer Tag hatte begonnen.

A. C. Baantjer

De Cock und der romantische Mord

Ullstein Buch 10123

ein Ullstein Krimi

Die Umstände bei dem Bankeinbruch sind mysteriös: Nirgends sind Spuren von einem gewaltsamen Eindringen festzustellen, die Zeituhren der Alarmanlage sind abgeschaltet, und der junge Einbrecher, den die Polizei faßt, als er gerade fliehen will, hat zum Öffnen des Safes nur einen kleinen Schraubenzieher bei sich. Kommissar De Cock vermutet einen Komplizen unter den Bankangestellten.

Doch dann wird die Sache noch mysteriöser: Die Polizei entdeckt eine gräßlich zugerichtete Frauenleiche und überall um sie herum die Fingerabdrücke des Bankräubers . . .

A. C. Baantjer ist Kriminalkommissar auf der Warmoestraat-Polizeistation in Amsterdam. Er hat einige berühmte Mordfälle gelöst. In seiner Freizeit schreibt er Kriminalromane, die sich durch realistische Darstellung und ihr Verständnis für menschliche Schwächen auszeichnen.

Ellery Queen

Das Rätsel der siamesischen Zwillinge

Ullstein Buch 10104

Draußen
wütet der Waldbrand und schiebt sich immer näher an das Haus heran. Alle Fluchtwege sind abgeschnitten. Der Hausherr und die Gäste sitzen in der Falle.

Drinnen
wütet ein verrückter Mörder. Seine Opfer halten zerrissene Spielkarten in der Hand. Kann Ellery den Mörder noch entlarven, bevor die Flammen sie alle töten?

»Eine außergewöhnliche Geschichte . . . die fast unerträgliche Spannung steigert sich zu einem verblüffenden Höhepunkt. Eine Glanzleistung.« THE OBSERVER

ein Ullstein Krimi

Ed McBain

Selbstmord kommt vor dem Fall

Krimi mit dem
87. Polizeirevier

Ullstein Buch 10105

ein Ullstein Krimi

Sie waren beide noch jung, der Mann und das Mädchen. Fast nackt lagen sie auf dem Bett – tot. Der Abschiedsbrief lag auf der Kommode und war nicht ganz fehlerfrei getippt.
Und die Wohnung war voller Gas.
Ein klarer Fall von Selbstmord?

Die Detektive des 87. Polizeireviers werden bald eines Besseren belehrt:
Weder klar . . .
noch Selbstmord . . .
noch ein Fall . . .
Sondern *drei* Fälle von Mord, Totschlag und krankhafter Eifersucht!

Peter Schmidt

Mehnerts Fall

Ullstein Buch 10121

Wie auf einem Pulverfaß fühlt sich der DDR-Agent Iven, den der Ostberliner Geheimdienst in die Bundesrepublik eingeschleust hat: Jeden Augenblick kann seine Tarnung auffliegen und herauskommen, daß er gar nicht der kleine Ganove Karwel ist, dessen Platz er eingenommen hat. Und das wäre auch das Ende des von Ost-Berlin geplanten Komplotts. Iven soll nämlich durch eine geschickt gesteuerte Intrige Mehnert, den Vorsitzenden der Regierungspartei, zu Fall bringen. Denn dessen Vorstellungen über die Nachrüstung der NATO passen nicht ins östliche Konzept.
Doch bald läuft nichts mehr nach Plan. Mehrere mysteriöse Figuren tauchen auf. Und wenn Iven noch eine Chance haben will, dann muß er schleunigst die Antwort auf die lebenswichtige Frage finden: Welche Rolle hat er wirklich in diesem Spiel?

Der Erstlingsroman eines deutschen Autors, der auf Anhieb internationales Niveau erreicht.

ein Ullstein Krimi

Jay Bennett

Der lange schwarze Mantel

Augenzeuge

Ullstein Buch 10087

ein Ullstein Krimi

Die höchste Auszeichnung für einen Kriminalromanautor ist der »Edgar«. Jay Bennett hat diese Auszeichnung gleich zweimal erhalten. Jetzt liegen die beiden mit diesem Preis bedachten Romane endlich in deutscher Sprache vor.

DER LANGE SCHWARZE MANTEL
Seine Mutter ist tot, sein Vater verschwunden, und Phil Brant hat nur noch seinen großen Bruder Vinnie als Halt. Als der dann im Vietnamkrieg fällt, bricht für Phil die Welt zusammen. Doch der Alptraum beginnt erst. Denn zwei unheimliche Typen tauchen auf und behaupten, sie hätten zusammen mit Vinnie einen Raubzug gemacht und Phil besäße die Beute . . .

AUGENZEUGE
Matt beobachtet, wie in einer Nebenstraße ein Mann erschossen wird. Er sieht auch das Gesicht des Mafiakillers. Und der Mörder sieht ihn. Soll Matt zur Polizei gehen? Aber er weiß, dann wird die Mafia auch mit ihm kurzen Prozeß machen . . .

Ullstein Krimis

»Bestechen durch ihre Vielfalt« (Westfälische Rundschau)

Hitchcocks Kriminalmagazin, Band 132 (10133)

Ruth Rendell
Urteil in Stein (10134)

Ullstein Kriminalmagazin, Band 40 (10135)

James Hadley Chase
Der Mini-Killer (10136)

Hitchcocks Kriminalmagazin, Band 133 (10137)

Gregory Mcdonald
Toby ist verschwunden (10138)

Michael Collins
Der Schlächter (10139)

Erle Stanley Gardner
Perry Mason und die blinde Trödlerin (10140)

Hitchcocks Kriminalmagazin, Band 134 (10141)

Robert B. Parker
Finale im Herbst (10142)

Margot Bennett
... und plötzlich war sie Witwe (10143)

Ed McBain
Späte Mädchen sterben früher (10144)

Richard Hoyt
Lockente (10145)

Raymond Chandler
Das hohe Fenster (10146)

Raymond Chandler
Der König in Gelb (10147)

James Hadley Chase
Drei Spannende Action-Thriller (10148)

Ian Fleming
Diamantenfieber – Casino Royale – Leben und sterben lassen (10149)

Ted Allbeury
Die andere Seite des Schweigens (10150)

Ruth Rendell
Durch Gewalt und List (10151)

Ross Thomas
Der Ein-Weg-Mensch (10152)

James Hadley Chase
Trau keinem Schurken (10153)

Shelly Smith
Das Gift der Bosheit (10154)

Ellery Queen
Das zwölfte Geschenk (10155)

Hitchcocks Kriminalmagazin, Band 135 (10156)

Peter Schmidt
Die Trophäe (10157)

A. C. Baantjer
De Cock und der tanzende Tod (10158)

Ed McBain
Killers Lohn (10159)

Hitchcocks Kriminalmagazin, Band 136 (10160)

ein Ullstein Buch